사토토시오
일러스트 와타누키 나오

예를 들어
라스트 던전앞 마을의**소년**이
초반 마을에서 사는 듯한**이야기**vol.2

© Nao Watanuki

© Nao Watanuki

저,
기,
의
미
를
모
르
겠
는
데
……

© Nao Watanuki

© Nao Wata

목차 [CONTENTS]

알카

전설 속 마을의 촌장. 로이드를 자기 자식처럼 아끼고 있다. 마음만 먹으면 세계 자체를 멸망시키는 것도 손쉽다.

로이드 벨라돈나

전설 속 마을에서 자라 지나치게 강한 마을사람. 순진하고 친절하며, 정직하고 사람이 좋은 데다가 물정을 모른다. 자신의 강함을 깨닫지 못했다.

마녀 마리

이스트 사이드의 정보상이란 것은 세간의 눈을 속이기 위한 거짓된 모습. 정체는 아자미 왕국의 왕녀님. 사정이 있어 로이드가 하숙하게 해준다.

알란 리도카인

장래를 촉망 받는 젊은이.
로이드의 강함에 이끌려
그를 따르게 된다.

리호 플라빈

돈 욕심 많은 솜씨 있는
용병. 미스릴 의수는
스스로 뗄 수가 없다.

셀렌 헴아엔

저주에서 구원 받은 소녀.
은인 로이드를 운명의
상대라고 생각한다.

크롬 몰리브덴

식당의 주인이며, 왕녀의
측근이며, 사관학교 교관도
겸한다.

콜린 스트라제

사관학교의 여성 교관.
강렬한 신입생들 때문에
고민이 많다.

롤 칼시페

로쿠죠의 학원장. 어째선가
리호하고 꽤나 깊은
인연이──.

필로 퀴논

메나의 여동생이며 무투가.
이상할 정도로 강한
로이드를 보고 피가 끓는다.

메나 퀴논

로쿠죠 마술학원의 젊은
천재 마술사. 취미는 군것질.

프롤로그

"이제 곧 포장도로를 벗어납니다. 흔들리니까 주의하십시오."

비포장도로에 들어가기 싫어하는 말을 달래면서, 마부로 보이는 남자가 마차 뒤쪽을 향해 말했습니다. 네모진 몸에 고집스러운 인상의 얼굴. 전직 왕실 근위병이며 지금은 사관학교의 교사를 맡고 있는 크롬 몰리브덴 대령입니다.

천막 안에는 어린애처럼 바깥을 구경하며 들뜬 순박해 보이는 소년과 그야말로 마녀처럼 뾰족한 모자에 검은 로브를 입은 여성이 좌석에 앉아 있었습니다.

여성은 크롬에게 다가가더니 저녁놀이 물들기 시작한 주변 경치를 둘러보았습니다.

"그래. 딱 반쯤 왔구나."

"그건 그렇고 왕녀님, 그 마을엔 대체 무슨 용건이——."

"크롬, 왕녀라 부르는 건 금지야. 로이드 군이 있잖아."

"실례했습니다……. 마리 씨."

"응, 그래야지."

이 오리엔탈 분위기의 마녀의 이름은 마리. 왕도의 이스트 사이드에서 잡화점을 운영하고 있지만 그 정체는 아자미 왕국의 왕녀인 마리아 아자미입니다.

국가 전복을 꾀하는 마왕에게 국왕인 아버지의 몸을 빼앗기고, 나라를 구하기 위해 신분을 숨기며 분투한다──라는 것은 얼마 전까지의 일입니다. 그 사건은 어떤 인물 덕분에 완전히 해결되어 버린 겁니다.

그리하여 현재는 평범한 생활을 엔조이하는 중. 그러나 이래저래 성가신 일이 있어서 이렇게 저녁놀이 지는 시간에 마차를 타고 있는 상황입니다.

"그런데, 대체 어째서 이런 변변찮은 장소에 가는 겁니까?"

크롬이 품속에서 무슨 팸플릿 같은 것을 꺼냈습니다. 식료품점의 특가 전단지처럼 화려한 문자가 춤추는 종이를 보면서 말을 이었습니다.

"성검이 꽂힌 언덕이 있는 남천 마을── 일명 『성검의 마을』이에요."

마리는 생각하는 바가 있는지 한숨을 섞으며 대답했습니다.

"있잖아. 이번에 그 옆으로 대륙종단 철도가 놓일 예정이야. 이래저래 일이 많았던 지오우 제국과 우호의 상징으로 국교 개선이 어쩌고저쩌고, 그 밖에 이런저런 일 때문에 그렇게 됐는데……."

"오오, 잘됐군요."

"그래서, 노선을 놓을 땅을 매입하는 것도 거의 끝났고 이제 남은 건 그 마을 주변의 숲……밖에 없는데──."

거기서 크롬은 이 근처 마을들이 쉽지 않다는 것을 떠올렸습니다.

아자미 북쪽에 있는 삼림 지대, 습지대도 포함된 이 땅은 개척이 늦어지고 있어서 아직도 손대지 못한 장소가 많습니다.

북쪽 지오우 제국과 관계가 악화되면서 개척은 더욱 늦어졌고, 나라의 자금은 국교가 활발한 서쪽의 로쿠죠 왕국으로 가는 통상 가도나 해로를 개척하는 방향으로 흘러가게 되었습니다.

그리하여 이쪽 일대에 사는 사람들에겐 '나라는 믿을 게 못 된다.'라는 독립적인 기풍이 떠돌고 있으며, 극단적으로 배타적이거나 배금주의적인 귀찮은 마을이 많습니다.

그것을 짐작한 크롬은 넌더리가 난다는 표정을 지었습니다.

"억지를 부린 겁니까?"

"그래. 게다가 '성스러운 검을 모시는 숲을 철도를 위해 개척하다니 용납 못 한다!'라는 유별난 이유를 들었어……. 꽂혀 있는 장소에서 꽤 떨어진 곳인데 터무니없는 트집이야."

"돈에 눈이 먼 인간은 우스꽝스럽군요."

"정말 그래."

마리는 볼을 긁적이면서 말을 이었습니다.

"그래서, 아버지…… 국왕이 온건하게 교섭해 달라면서 나한테 맡긴 거야. ……이 아이한테 의지하고 싶다고……. 그 아버지, '이걸 안 해주면 곤란하구나. 안 그러면 지오우랑 국교 개선을 위해서 마리아를 정략결혼시켜야 할 텐데.' 이런 말을 꺼내기 시작했다니까……. 사람 귀찮게."

"아아……. 로이드 군 말이군요."

두 사람은 동시에, 즐거운 기색으로 마차에 타고 있는 온화한 소년을 보았습니다.

로이드 벨라돈나. 겉보기로는 상상할 수 없는 신체능력을 가진 소년입니다.

콘론이라는 전설의 마을 출신. 그 마을에서 가장 약한 소년으로 자라온 그는 실력과 자기평가의 괴리가 심하며, 일반 상식도 일탈되어 있기 때문에 종종 주위 사람들이 난처해집니다.

예를 들자면, 몬스터 같은 것은 전부 동물 취급. 골절은 하루면 낫는 상처. 물속에 1시간 잠수는 보통……. 이런 초인적인 행태는 열거하면 끝이 없습니다. 아아, 그렇네요. 아까 말했던 마왕 사건도 로이드가 착각한 김에 해결해 버렸습니다.

그것을 바로잡고자 '너는 강하다' 라고 해도 '농담을 한다' 라거나 '위로해 준다' 라고 받아들여 버립니다……. 참으로 사람이 착하고 겸허한 소년입니다.

마리는 로이드에게 따스한 시선을 보낸 다음, 탄식을 섞어 말을 이었습니다.

"아버지 제안은 이래. 성검의 마을에서 성검을 뽑아서 그냥 마을로 만들자는 거지……. 그 녀석들은 성검을 핑계 삼아서 이런 수 저런 수로 돈벌이를 하고 있으니까."

아까 그 종이에는 '너도 전설에 도전해 보자!' 라거나 '뽑은 사람이 소유자다!' 라고 부추기는 문구가 떡하니 적혀 있습니다. 뒷면에는 약삭빠르게 여관이나 식당, 더욱이 레저 시설 광고가 실려 있군요.

이미 개척 엄청 됐잖아……. 딴죽을 걸고 싶은 마음을 억누르고, 크롬은 마리에게 어떤 의문을 던졌습니다.

"그러나, 로이드 군을 이용하는 것은 스승님이신……. 그 알카 촌장이 막고 있는 것 아니었습니까?"

크롬의 뇌리에 하얀 로브를 입은 여자 중학생 같은 용모의 땅꼬마 검은 머리 트윈테일 소녀가 떠올랐습니다.

소녀의 이름은 알카. 초인들이 모인 콘론 마을의 촌장이며, 용모는 앳되지만 실제 연령은 세 자릿수를 넘었습니다. 이른바 로리 할망구——라고 말했다간 끝장입니다. 순간이동으로 눈앞에 나타나서 고대 룬 문자로 온갖 저주를 걸어 버리는 터무니없는 작자입니다.

몸은 어린이, 실제 연령은 수목. 그리고 사고 회로는 남자 중학생……. 로이드에 대한 번뇌가 끝도 없습니다……. 무난하게 포장해서 말하자면 요괴로군요. 요괴.

일단 콘론 마을 사람은 마왕이나 재앙 같은 일 말고는 힘을 빌려주지 않는다, 이용해서는 안 된다는 규칙이 있습니다. 마리도 듣기는 했지만……. 이번에는 약간 사정이 있었습니다.

"실은 말이지. 그 촌장이 지금 콘론 마을에 연금되어 있거든."

"연금이요?"

크롬은 어째 어수선한 이야기라며 놀랐지만, 마리는 빙긋빙긋 웃으면서 일의 발단을 가르쳐 주었습니다.

"후후후……. 아무래도 요즘에 일을 땡땡이치고 순간이동으로 로이드 군을 만나러 온 게 들켰나 봐. 마을 사람들이 화가 났다고 해."

"⋯⋯⋯순간이동 말입니까."

터무니없는 기술을 자전거 감각으로 다루는 괴물의 이야기가 나오자, 크롬은 이마를 눌렀습니다.

"그래 그래. 그래서 지금까지 땡땡이친 것까지 합쳐서, 수확이 끝날 때까지는 당분간 밭일에 종사해야 한대. 꼴좋다우엣헤헤⋯⋯. 그 틈을 찌르자는 거지."

마리의 얼굴 전체에서 해묵은 원한이 흘러나오는군요. 크롬이 그것을 보고는 '아, 이거 깊게 물어보면 안 되는 거다' 라고 짐작하며 고삐를 다루는 데 전념했습니다.

그리고 이야기의 중심인 로이드는 마리에게 이번 짧은 여행에 대해 물었습니다.

"마리 씨, 오늘은 어째서 멀리 나온 건가요?"

"자선 사업의 일환으로 쓰레기 줍기를 할까 해서."

물론 거짓말입니다. 마리의 머릿속에는 구두쇠들의 으스대는 표정을 울상으로 바꾸는 것밖에 없습니다.

"쓰레기 말인가요?"

"그래, 철도의 진로를 방해하는 돌덩이같이 방해되는 쓰레기를 말야."

마리가 비아냥을 담아서 말했지만 듣는 사람은 사정을 모르는 순수한 로이드입니다. 눈을 마구 반짝거리면서 존경의 눈길을 보내는 겁니다.

"역시 마리 씨네요! 무상으로 자선사업! 그렇구나. 그래서 밤에 가는 거군요. 들키지 않도록! 과연 영웅⋯⋯. 아, 이건 말하면 안 되는 거였죠. 죄송해요."

"그, 그래."

다소 딱딱한 웃음을 보이는 마리. 얼마 전에 어쩌다 보니 '나는 이 나라의 영웅'이라고 말해 버렸습니다. 그리고 정정할 타이밍을 완전히 놓쳐서 지금 상황에 이르게 된 거죠. 맑은 눈동자로 바라보는 로이드를 보니 마리는 살짝 마음이 아팠습니다. 여자애와 사귄 적 없는데 연애 경험이 풍부하다고 거짓말을 해 버려서 물러설 수 없게 된 남자의 심정과 참 비슷하군요.

그 대화를 듣고서, 크롬이 쓴웃음을 지으며 두 사람에게 말했습니다.

"조금 더 걸릴 것 같으니 두 사람 다 푹 쉬도록 하십시오."

크롬의 말을 들은 마리는 마차의 의자에 깊숙하게 고쳐 앉더니 눈을 감으며 이것저것 생각했습니다.

(성검을 뽑으면 대의명분이 없어져서 철도 계획이 단숨에 진행될 거야. 나는 정략결혼을 안 하고 넘어갈 수 있어……. 로이드 군을 이용하는 건 솔직히 마음이 아프지만……. 하긴, 애당초 뽑는다고 장담할 수도 없지.)

저물어가는 저녁 해가, 감고 있는 눈꺼풀 너머를 오렌지색으로 물들였습니다. 도착할 무렵은 마침 밤이 깊어져 딱 좋은 시간일 겁니다.

그 옆에서 로이드가 종이를 손에 들고 신기하단 기색으로 물었습니다.

"저기, 그런데 왜 마차로 천천히 가는 건가요? 이 마을은 나무 위를 한 20분 달리면 가는 곳이잖아요."

"………뽑겠네. 거의 확실하게."

로이드의 상식 파괴 사고에 마리도 마차를 모는 크롬도 정색했습니다.

『웰컴 성검의 마을』

『명물 성검 구이! 포인트 추가됩니다!』

『매주 수요일은 성검 포인트 3배 데이』

수수께끼의 포인트를 강조하는 간판이나 현수막을 보고 일동이 입을 다물어 버렸습니다. 도착한 시간은 밤 12시 넘어서입니다. 오프타임인데도 이렇게 짜증이 나는 겁니다. 낮에는 어떨지 짐작이 가네요.

숲속의 탁 트인 장소에 있는 마을은 본래 명산품인 남천의 이름을 따서 『남천 마을』이었다고 합니다. 그런데 십수 년 전에 뽑히지 않는 검이 꽂힌 언덕이 발견돼서 관광객이 늘어난 것을 계기로 『성검의 마을』로 개명했다고 합니다.

센스 한 조각 없는 직구 네이밍이지만, 이렇게 밀어붙이는 걸 보니 뭐라고 말할 수가 없군요.

"이런 건 몇 포인트를 모으면 무슨 이득이 있는지, 애당초 포인트의 기준이 애매해서 수상쩍단 말이지."

포인트에 대한 흔한 인식을 논하며 질색한 표정을 지은 마리 뒤를 로이드와 크롬이 따라갔습니다.

그리고 몇십 미터 걸어간 곳, 수많은 현수막에 둘러싸인 성검의 언덕이 보였습니다.

살짝 높으며 이끼가 낀 돌로 만든 무덤 같은 받침에, 마찬가지로 이끼가 끼어 거의 동화되어 가는 낡은 검이 꽂혀 있었습니다. 많은 사람들이 몇 번이나 뽑고자 도전했는지 손잡이 부분만 이끼가 없군요.

달빛을 두른 검, 주위를 가득 채운 고요한 분위기.

그러나, 그 옆에는 『1회 도전에 5포인트』라는 화려한 간판이 서 있었습니다. 다 망쳐 놓네요.

"음, 마을 경제를 꾸려나가기 위해 포인트 제도를 도입했군."

"크롬. 감탄할 때가 아냐."

마리는 성검의 마을 경영 노력에 감탄하는 크롬을 나긋하게 타일렀습니다.

"죄송합니다. 제법 생각을 하고 있구나 싶어서."

"후후후……. 그 탓에 내가 얼마나 고생을 했는데. 정략결혼을 하게 될 뻔하고 말이야……. 좀 고통을 줘야겠어."

"표정이 무섭습니다…….."

후후후. 원한이 담긴 웃음소리를 흘리는 마리에게, 집게를 든 로이드가 질문했습니다.

"그런데 마리 씨, 저는 뭘 하면 될까요?"

"아아, 로이드 군은 그쪽의 쓰레기를 주워서 모아 줬으면 해……. 그 언덕 부근 말야."

"알겠습니다!"

로이드는 넝마 자루를 들고서 얼른 언덕 부근의 쓰레기를 줍기 시작했습니다. 관광객이 버린 빈 병이나 팸플릿, 잡지 등이 멀리서 보아도 알 수 있을 정도로 흩어져 있었습니다.

로이드는 그것을 열심히 자루에 넣었습니다.

"영차……. 영차."

덥석…… 덜커덩. (빈 캔 소리)
덥석…… 부스럭. (잡지를 주운 소리)
쑤욱…… 부스럭. (성검을 뽑아서 자루에 넣는 소리)
덥석…… 달그락. (빈 병을 주운 소리)

""………….""

그럴 거 같기는 했지만, 하는 표정으로 마리와 크롬은 열심히 쓰레기를 줍는 김에 성검을 뽑아내는 그의 뒷모습을 바라보고 있었습니다.

반쯤 허탈해하는 두 사람. 그럴 만도 합니다. 잡지나 빈 병을 줍는 김에 성검을 뽑아 버렸으니까요. 역대 도전자들이 봤다면 흐느껴 울었을 겁니다.

"마리 씨, 죄송한데요! 날붙이는 어떡할까요? 낡아 빠진 검이지만 일단은 위험하잖아요? 어디 위험물 처리장 있나요?"

굳이 따지자면 네가 위험물이야. 두 사람의 눈빛이 말하고 있었습니다.

"그렇네. 위험하니까 일단 우리가 가지고 돌아가자."

그러던 참이었습니다. 순찰이라도 하고 있었는지 나이에 비해 머리가 벗겨진 중년 남성이 성큼성큼 이쪽으로 다가오고 있었습니다.

"네놈들, 뭘 하고 있나! 성검의 언덕은 영업시간 끝났다!"

"나왔군. 성검 마을의 촌장."

마리의 반응으로 짐작하건대, 아무래도 그가 이 마을의 촌장인 모양입니다. 머리에서 김이 피어오르며 분노한 기색의 목소리로 세 사람을 질책했습니다.

"대체 뭐 하는── 아니 너는! 이스트 사이드의 마녀! 성의 심부름인지 뭔지 모르지만 해도 되는 일과 안 되는 일이 있다! 몇 번이나 말했지만 철도는 거절이야!"

펄펄 화를 내는 중년 촌장과 마리 사이에 로이드가 끼어들어 깊숙하게 고개를 숙였습니다.

"죄송합니다! 좋은 일을 하려고 한 거예요! 이 근처를 청소하려고요!"

"뭣? 청소? 어떤 이유가 있든지, 이렇게 늦은 시간에 성검의 언덕에 들어가다니 천벌 받을 짓! 성스러운 검을 우롱하는 악당 놈! 부끄러운 줄 알아라!"

"그, 그랬었나요! 죄송합니다!"

"어차피 지저분한 쓰레기라도 뿌릴 생각으로 온 거겠지! 그 썩어 가는 날붙이는 뭐냐! 그런 파상풍 일으킬 것 같은 물건이 떨어져 있을 리 없지 않나! 고얀 것들! 여기를 어디라고 생각하나? 성검을 모시는 성스러운 마을이다. 천벌을 받을 것들!"

"…………어느 쪽이 벌을 받는데."

성스럽다고 고래고래 외친 끝에 은혜를 입고 있는 성검을 썩었다고 말하는 걸 보니 눈이 단단히 삐었습니다. 마리도 질려서 뭐라고 강하게 말할 수 없었습니다.

게다가 그 성검이 사라진 것을 전혀 눈치채지 못하고, 입가에 거품을 물면서 지껄여대고 있으니……. 촌장 꼴이 우스꽝스럽기 짝이 없네요.

"…………눈치를 못 채면 교섭을 못하잖아. 있지 촌장, 뭔가 다른 점이 있는 것 같지 않아?"

마리는 상냥하게 아하 체험을 재촉했습니다.

"아아, 네놈들 같은 인간들이 이 성스러운 숲에 있는 것이 글러먹었다! 이 신성한 성검의 숲! 신록이 우거진 신비로운 숲! 은혜를 내리는 강! 그것들을 어머니처럼 태곳적부터 지켜보고 있는 성검————————이 없어어어어! 이게 뭔 일이래냐!"

틀린 그림 찾기를 이제야 깨달은 중년 촌장이 엉덩방아를 찧었습니다. 참 낡은 리액션을 선보이네요.

그리고 간신히 깨달았다는 사실에 안도한 마리는 얼른 교섭을 시작했습니다. 이것저것 사적인 원한을 담은 끈적한 교섭입니다.

"그렇네, 없네. 어째서일까?"

"…………그, 그거다. 성검은 말이다. 밤에는 마음이 지저분한 사람에게는 보이지 않는 거다! 누가 뭐래도 성스러운 검이니까!"

"그럼 어째서 촌장도 안 보이는 걸까? 성스러운 마을의 주민

© Nao Watanuki

이잖아?"

"으그극."

중년 촌장은 꼴사나운 표정을 전개하며 털레털레 언덕 위로 달려갔습니다. 그리고 바닥에 손을 짚고 돌 틈이나 간판 뒤쪽을 보지 못한 건 아닌가 꼼꼼하게 조사했습니다. 자판기 밑에 잔돈이 떨어지지 않았나 조사하는 사람을 상상해 보세요. 그겁니다.

"없어, 없으어! 없어어어어! 그 고풍스러우면서 거칠고 역사가 느껴지는 성검의 손잡이가! 반쯤 드러나서 다소 풍화했지만 위엄을 가진 칼몸이!"

"참고로 파상풍 걸릴 것 같은 이 썩은 검하고는 다른 건가요?"

"당연하지! 그런 쓰레기랑 같을 리어롸아아아아아!"

드디어 깨달은 모양이군요. 눈을 부라리며 다가왔습니다.

"만지지 말아 주세요. 파상풍 걸리니까요."

"도, 돌려놔! 본래 있던 장소로 돌려놔라! 그리고 그대로 뽑았다 꽂았다 하지 마라! 고장의 원인이 되니까!"

"무슨 고장인데."

패미컴 게임팩의 주의사항도 아니고 말이죠. 마리는 눈을 게슴츠레 뜨고, 엉망진창으로 말하는 중년 촌장을 쳐다보았습니다.

"어, 어쨌든지 돌려놔라! 그게 없으면 이 마을은! 성검의 마을은 끝장이다!"

"무슨 말이야. 본래 남천 마을은 특산품인 남천으로 유명한 장소였잖아. 옛날 생활로 돌아가는 것뿐이야……. 그리고 성검은 뽑은 사람 거잖아. 이제 와서 불평하지 마."

"그치만! 지금 성검이 사라지면 우리의 일대 프로젝트가 좌초되어 버린다! 성검의 숲 캠프장! 성검의 숲 골프장! 성검의 숲 미술관! 성검의 숲 공원! 호텔 성검! 위약금만 따져도 이 마을이 붕괴할 거야!"

"자업자득이잖아."

성스러운 숲을 개척하면 안 된다고 그렇게 말하면서 땅을 내주지 않았던 이유가 이거였구나……. 그걸 알게 된 마리의 표정이 험악해졌습니다.

그리고 중년 촌장은 최악의 사태가 머리를 스쳤는지 눈의 초점이 흐려졌습니다.

"어버버버버."

"아, 고장 났다……. 뭐 좋아. 어쨌든지 대륙 종단 철도 일, 좋은 대답을 기다릴게. 성스러운 숲도 아무것도 아닌 땅을 나라에서 그럭저럭 괜찮은 가격으로 사 줄 테니까 감사하도록 해."

마리 일행은 거품을 물고 있는 중년 촌장을 흘겨보며 그 자리에서 물러났습니다.

중년 촌장과 나눈 대화를 이해하지 못한 채 듣고 있던 로이드는 신기한 표정으로 물었습니다.

"저기? 성검이 뽑혔다고 했는데 무슨 소리죠?"

"아아, 로이드 군은 깊게 생각지 않아도 돼……. 뭐, 이걸로 철도는 잘 진행되겠지. 짐을 덜었네에."

안도하는 마리에게 성검을 든 크롬이 살짝 귓속말을 했습니다.

"그런데 왕녀님, 이 성검은 어떻게 할까요?"

마리는 턱에 손을 대고 가볍게 생각한 다음, 산뜻한 미소를 지으며 크롬의 어깨를 두드렸습니다.

"크롬, 뒷일 잘 부탁해."

"네?"

"거기까지는 생각하질 않았어. 아 맞다. 아마 저 구두쇠 촌장이라면 가짜 성검을 준비해서 어물쩍 넘어가려고 할지도 모르겠네. 최대한 빨리 제대로 된 장소에서 성검이 뽑힌 걸 발표하는 게 좋을지도 모르겠어."

그렇게 말한 마리는 기지개를 켜면서 마차로 돌아갔습니다. 그리고 로이드는――.

"응~. 성검의 마을이라고 했는데 결국 성검은 못 봤네요오……. 그 지저분한 게 성검? 그럴 리 없겠지. 간단히 뽑혀 버렸으니까."

여전히 늘 그렇듯 '내 실력으로 성검이 이렇게 간단히 뽑힐 리 없어.'라고, 믿어 의심치 않는 로이드의 자기평가. 이것은 대체 언제쯤 뒤집힐까요?

한편, 억지로 일을 떠맡은 크롬은 뭐라 말할 수 없는 표정으로 손에 든 고풍스러운 검을 가만히 바라보았습니다.

"하아……. 어떡한다……."

별이 예쁘게 반짝이는 밤하늘에, 크롬의 한숨이 빨려 들어가는 것이었습니다.

"하아아아."

다음 날, 크롬이 졸린 기색으로 직원실에 들어서자 동료인 콜린 스트라제 대령이 한숨을 쉬면서 무슨 명단과 눈싸움을 하고 있었습니다.

"…………."

들어가자마자 동료의 특대 한숨이 환영해 줍니다. 크롬은 한쪽 눈썹을 올리며 의문스레 그녀를 바라본 다음, 근처에 있는 노트를 한 장 찢더니 그녀의 눈앞에 살짝 가져갔습니다.

"————하아아아."

또다시 반복된 한숨이 종잇조각을 훌쩍 날려 보냈고, 종잇조각은 아직 높이 떠 있는 햇살을 반사하며 건너편 책상을 넘어갔습니다.

(3미터 50……. 어지간히 성가신 고민이겠군.)

종잇조각의 비거리로 고민의 심각함을 계측한 크롬.

"수고하셨습니다."

그는 네모진 몸을 흔들며 아무것도 못 본 척 도주를 시도했습니다.

"어허, 크롬 씨. 이럴 땐 뭔가 말을 걸어보는 게 보통 아이가?"

문에 손을 댄 찰나, 콜린의 말이 등을 찔렀습니다. 도주 실패로군요.

경쾌한 말투의 서방 사투리, 다갈색 머리칼의 용모가 어우러져 학생으로 보여도 이상하지 않은 그녀는 눈을 게슴츠레 뜨고 크롬을 노려보았습니다.

도주 시도가 실패로 끝난 크롬은 널찍한 어깨를 으쓱였습니다.

"아아, 미안. 분명히 도움이 안 될 거라고 생각해서——."

"처녀가 고민하고 있다 안 카나! 좀 더 신경을 써도! 설령 도움이 안 돼도 이야기 상대가 있으면 좀 마음이 편해진대이! 짐작 좀 해라!"

직원실에 목소리가 카랑카랑 울렸습니다. 무슨 일이지? 사건인가? 다른 직원이 돌아보지만 다들 한결같이 '아아, 콜린 대령이군.' 이라며 납득하고 각자 하던 일로 돌아갔습니다.

그리하여, 지명을 받은 크롬은 단념하고 그녀의 이야기 상대가 되었습니다. 지금이라면 물장사하는 여성이 귀찮은 손님을 상대하는 기분을 잘 알 수 있겠어요.

"그래서, 뭘로 고민하고 있는데?"

"봐라, 크롬 씨. 대륙 학생 마술대회라는 거 아나?"

"아아, 알지. 대륙 전체에서 사관학교, 마술학교, 농업학교 가리지 않고 참가하는 마술대회였던가?"

"그렇대이……. 그래서, 그게 이번에 어디서 개최되는지는 아나?"

"아니, 미안."

크롬의 대답을 들은 콜린이 짐짓 거창하게 한숨을 쉬더니 컬러로 인쇄된 팸플릿 같은 것을 내밀었습니다.

"하아아아아……. 우리 나라대이……. 아자미 왕국."

한숨에 흔들리는 팸플릿. 구석을 보니 아자미란 문자가 똑똑히 실려 있군요.

자국에서 그럭저럭 커다란 대회가 열린다는 걸 잊고 있던 크롬은 면목이 없다는 기색으로 네모진 몸을 움츠렸습니다.

"그, 그랬었군."

"신경 안 써도 되는 기다. 분명히 당사자들 말고는 국민들 태반이 비슷할 테니까. 왜냐면 우리 나라는 마법에 흥미가 영 없다 않나?"

"음, 분명 그렇군."

크롬은 콜린이 말한 것처럼 아자미 왕국은 마법에 관심이 희박하다는 사실을 떠올렸습니다.

아자미 왕국은 굳이 따지자면 상업으로 발전해서 성장한 나라인지라, 병기나 과학의 진보에 혜택을 누리기 쉬운 지역입니다.

마법은 굳이 따지자면 제철 기술이 빈약한 내륙 지역이나 미개척지에서 발달하기 쉬운 경향이 강하며, 지금 현재 아자미에서 중시하는 것은 얼음 마법을 이용한 제빙 기술 정도입니다.

"세계 각국의 지혜가 모이는 세계 마술대회라면 모를까 학생 대회 아이가……. 다른 나라에서는 제법 흥행하는 기다…….

서쪽 로쿠죠 왕국이라든가……. 마술 교관으로서 슬프대이."

크롬은 드디어 콜린의 고민을 이해했습니다.

"혹시 고민이란 게."

"맞다……. 대회 인선이다. 주최국이니까 어설프게는 못 고른다 아이가."

이곳 아자미 왕국 사관학교는 입학시험부터 무력을 중시하고 마법에는 가볍게 페이퍼 테스트 정도로 넘어가 버릴 정도입니다. 말하자면 스포츠 특기생 집단한테 합창 콩쿠르 전국 대회에 나가라. 그리고 나갈 사람 뽑으라고 말하는 거랑 마찬가지입니다. 대충 짐작이 되겠죠?

"마법 범죄에 관한 치안 대책은 단단히 교육을 하지만, 마법을 사용하는 건 분명히……."

"게다가 북쪽 지오우랑 전쟁을 하네 마네 한 탓에 지금 후보생들은 거의 모두 뇌까지 근육이래이. 그래서 요전에 들어온 신입생 명단을 보면서 다시 한번 경력 같은 걸 뒤지는 중 아이가."

콜린은 거기까지 말하더니 다시금 명단과 눈싸움을 시작했습니다.

"그렇군. 일단은 셀렌 헴아엔은 어떻지? 지방 귀족 출신이니 몇 가지 마법을 익혔을지도 모른다."

크롬은 옆에서 굵직한 손가락으로 명단에 있는 여자애를 가리켰습니다.

그곳에는 조용히 미소 짓는, 언뜻 보기에 얌전해 보이는 단발 보브컷 금발 미소녀의 사진이 있었습니다.

셀렌 헴아엔. 과거에 저주받은 벨트를 얼굴에 휘감은 채 10년 가까이 지냈다고 하는, 지방의 전설 『저주받은 벨트 공주』 본인입니다.

지금은 로이드의 활약으로 벨트의 저주가 풀렸고, 벨트는 그녀를 지키는 아티팩트가 되어 허리춤에 달려 있습니다.

그녀는 그것이 계기가 되어 로이드에게 열중하고 있습니다. 스토킹 일화를 열거하자면 끝이 없어요. 어엿하게 지방의 전설에서 살아 있는 전설로 승화됐군요. 참으로 유감스러운 미인입니다.

콜린은 팔짱을 끼더니 "끄음." 소리를 냈습니다.

"셀렌한테는 얼마 전에 마법을 쓸 수 있는지 물어본 적이 있대이."

"허어, 그래서? 뭐라고 했지?"

"못 쓰지만 요즘 들어 흥미가 생겼다고 했대이. 듣자니 회복 마법을 연습하고 싶다 안 카나. 이거 참 회복 마법 사용자로서 참 기쁜 일이래이. 마음에 드는 남자애가 다쳤을 때 회복시켜주고 싶어요, 라는 기라! 이야! 내도 그런 기특한 시절이 있었다."

"거짓말 마라."

"거짓말 아닌 기다. 진심으로 회복 마법을 배우고 싶다는 뜨거운 시선이었다 아이가."

(그쪽이 아니라 기특한 시절 말이다.)

크롬은 소리 내어 말하고 싶었지만, 괜히 지뢰를 밟으면 이야기가 길어질 것 같아 말을 삼켰습니다.

"뭐, 어쨌든지 후보 중 한 사람이래이. 아아, 그리고 내 기특한 시절에 대해서는 다음에 딱 알려줄 테니까 각오하그래이. 앙."

크롬은 볼을 따라 흐르는 식은땀을 닦고는 노골적으로 화제를 돌리기 시작했습니다.

"교사로서 솜씨를 발휘할 수 있겠군. 안 그런가? 회복 마법의 익스퍼트 콜린 대령. 요즘은 다소 평판이 떨어지고 있지만 아직도 명문으로 이름 높은 『로쿠죠 마술학원』을 졸업한 엘리트가 가르쳐 준다니 부럽구만!"

"……."

콜린은 게슴츠레한 눈으로 크롬을 보았습니다. 피어오르는 뭔가 위험한 공기를 환기하고자 크롬이 서둘러 다른 인물을 가리켰습니다.

"아, 그리고 리호 플라빈은 어떻지? 용병이었던 그 녀석이라면 마법을 하나나 둘쯤은 익혔을지도 모르지. 무엇보다 마술사 대책은 뛰어날 것 같은데."

크롬은 명단 속에서 가장 극악해 보이는 삼백안의 여자애를 가리켰습니다.

리호 플라빈. 외팔이 여자 용병으로 징그러운 웃음이 어울리는 삼백안, 마른 몸에 어울리지 않는 투박한 미스릴 의수를 장비한 학생입니다.

그녀는 체포 영장을 취하한다는 명목으로 사관학교에 입학했지만, 단련보다 돈벌이에 여념이 없는 그야말로 수전노 소녀였습니다.

명단에 시선을 떨어뜨린 콜린이 대답했습니다.

"리호한테도 마법 쓸 수 있는지 물어본 적 있대이."

"허어."

"정색하고 정보료를 받는다캤다."

"……여전하군. 말을 하기 싫은 건지 단순히 돈이 부족한 건지."

"거기까진 모르겠다. 다만 미스릴 의수를 다루고 있으니까 마력은 상당할 기다."

"미스릴이라……. 그런데 그 녀석은 어째서 그런 걸 장비하고 있는 거지?"

"그것도 궁금하긴 하지만 다음에 알아보는 기다. 지금은 월급날 전이래이, 크롬 씨의."

내가 정보료를 내는 거냐? 크롬의 시선을 그녀는 화려하게 무시했습니다.

크롬은 탄식하면서 남자 쪽을 가리켰습니다.

"그렇군, 그 밖에는…… 알란은 어떻지?"

크롬의 손가락이 향한 곳에는 어쩐지 뻔뻔스러운 거한이 지기 싫어하는 기색이 강한 웃음을 짓고 있었습니다.

알란 토인 리도카인. 무훈으로 이름을 날린 명가 출신이며 커다랗고 튼튼한 체구가 장점인 남자입니다.

그는 자존심이 높고 걸핏하면 도발적이었지만, 이런저런 일이 있어서 지금은 로이드를 스승으로 우러르며 헌신적인 태도를 보이고 있습니다.

"얼굴만 봐도 안다, 뇌까지 근육일 끼다."

콜린이 딱 잘라 말했다. 크롬 역시 명단에 실린 당사자의 얼굴을 보더니.

"그렇군."

한마디로 정리해 버렸습니다.

"마력은 여자애들이 높은 편이다. 여자력과 마력이 비례한다는 소문도 있다 아이가."

"그러니까 그 밖에는⋯⋯."

자기가 여자력이 높다고 말하려는 것 같지만, 설거지도 제대로 못하는 걸 아는 크롬은 전력으로 무시했습니다.

누구 있던가? 손가락을 이리저리 움직이는 크롬. 그러다가 어느 인물에서 멎었습니다.

"⋯⋯중요한 인물을 잊고 있었군. ⋯⋯이 소년은 어떻지?"

크롬이 말하면서 조심조심 명단 구석에 있는 인물―― 로이드를 가리키며, 주변에 들리지 않도록 살짝 귓속말을 했습니다.

"로이드 소년이라면 고대 룬 문자도 쓸 수 있다. 마법의 소질은 아마도 남들보다 한 단계⋯⋯ 정도가 아니겠군. 열 단계나스무 단계 정도――."

"안 된대이!"

콜린이 크롬의 말을 가로막으며 No를 제시했습니다. 크롬은그 반응에 눈이 동그래졌습니다.

"어, 어어⋯⋯ 어째서?"

"생각을 해 봐라! 만약 그 애가 전국 방방곡곡에서 모인 관중들 앞에서 룬 문자를 선보이기라도 해보래이. 스카우트가 끊이질 않을 기다. 로쿠죠 왕국에서 데려가려고 하그나…… 그 실력의 수수께끼를 해명하려고 매드한 연구원들이 인체 실험을 할지도 모른다 아이가."

매드한 연구원이라니, 만화를 너무 본 것 아닌가? 평소 크롬이라면 그렇게 타일렀겠지만.

"아아…… 쉽사리 상상이 되는군."

로이드의 실력을 직접 본 그는 그럴 법하다고 생각해 버렸습니다.

콜린은 유감스럽게 머리를 긁적였습니다.

"무엇보다도 차원이 너무 다르대이. 운동회에서 어린이들 달리기 시합을 하는데 준마를 준비하는 거 아이가. 아이들은 울부짖고 학부모들한테는 비난이 쇄도하고. 아무리 그래도 그래 하면서까지 이기고 싶지는 않다."

크롬은 할 말이 없었습니다. 그리고 콜린은 팔짱을 고쳐 끼더니 뭔가 결심했습니다.

"결심했다! 한번 단단히 마력 진단과 초보 마법 습득 수업을 하는 기다! 어쩌면 인재가 잠들어 있을지도 모른대이! 정해졌으면 얼른 준비를 해야지, 준비를! 또 보자! 크롬 씨!"

스스로 해결한 콜린이 얼른 직원실에서 달려나갔습니다.

"거봐라. 나는 역시 큰 도움이 안 됐잖아."

그녀의 등을 배웅하고서, 크롬이 조용히 중얼거렸습니다.

© Nao Watanuki

그리고 졸음을 억누르며 일하려고 돌아가려던 그의 눈에, 문 득 조금 전에 콜린이 들고 있던 대회 개요 용지가 들어왔습니다.

"흥행이 시원찮다 이 말인가……. 무슨 상품이라도 있으면 달라질지도 모르겠군."

그때였습니다. 크롬의 머리에 어떤 것이 떠올랐습니다. 그래 요, 성검입니다.

(있었군……. 게다가 아자미 왕국이라는 마땅한 장소에서 발 표하는 거다.)

귀찮은 일을 정리할 실마리를 발견한 크롬은 일이 끝난 다음, 얼른 대회 본부에 이야기를 해보기로 했습니다.

콜린과 크롬이 대화를 나누고 잠시 뒤.

강의실에서는 사관후보생들이 다들 축 늘어져서 지친 표정으 로 의자에 앉아 있었습니다. 아무래도 오전에 악마 교관 크롬이 시킨 특별 메뉴 때문에 체력이 쪽 빠져나간 것 같군요.

팔 굽혀 펴기 200회, 운동장 세 바퀴, 행군을 상정하여 추를 지고서 연습…… 등등, 뒤에 「형벌」이 붙어 있어도 전혀 신기 할 것 없는 훈련을 해 왔습니다.

시산혈해. 수영 수업 뒤의 교실 같은 분위기가 떠도는 가운데, 로이드 벨라돈나만 팔팔한 표정으로 교관이 오는 것을 기다렸 습니다.

"기대되네요! 마법 수업!"

그 발랄함을 보고서, 본래 용병이었던 리호가 책상에서 몸을 일으키고는 나른하게 고개를 돌렸습니다.

"기운 넘치네에."

"네! 염원하던 사관학교 생도가 됐으니까 매일 즐거워요!"

그는 여러 사정으로 시험에 불합격했습니다. 눈에 보이지도 않는 속도로 시험을 치른 탓에, 정말로 눈에 보이지 않아서 불합격…… 이런 식입니다.

그리고 이러쿵저러쿵한 끝에 특례로 편입. 이제야 여기에 있게 된 겁니다. 즐겁지 않을 리 없습니다.

"저도 즐겁답니다! 이렇게 로이드 님과 함께 수업을 받을 수 있으니까요! 아야야."

로이드 옆에 있는 셀렌이 부들부들 떨면서 엄지손가락을 세웠습니다. 근육 트레이닝 효과로군요.

"얌전히 앉아 있어라……. 이론 수업은 휴식을 위해 있는 거라고."

뒤쪽에서 알란이 뻔뻔스러운 표정으로 다가왔습니다. 무훈으로 이름을 날린 집안 출신이지만 군대의 근육 트레이닝은 꽤 힘들었는지 자세가 구부정하군요. 그리고 이론 수업에서 휴식한다니, 완전히 운동부원 같은 발상── 콜린의 뇌까지 근육이란 견해도 그리 틀린 건 아닌 것 같아요.

한편 로이드는 어째선가 미안한 기색이었습니다.

"하지만 정말로 괜찮은 걸까요? 뭔가 어마어마하게 가벼운 메뉴들뿐이라서 새로 들어온 저를 배려해 준 게 아닌지…….

다음에 크롬 씨한테 좀 더 엄격하게 해달라고 말해 볼까요……."

대륙을 1주일 안에 종단할 수 있는 로이드에게 연습 따위는 산책이나 마찬가지였나 보군요.

(그건 봐줘! 죽는다고!)

리호가 가슴 속으로 외친 것에 호응하듯 양 사이드의 두 사람이 전력으로 화제를 돌리고자 시도했습니다.

"이, 이야~. 마법 수업 기내되네요~ 운동만 하면 새미없잖아! 안 그런가? 셀렌!"

"그렇답니다! 운동도 질리는 참이었고! 그렇죠? 알란 씨!"

두 사람의 대화를 듣고 로이드도 화제를 바꾸었습니다.

"그렇네요! 어떤 수업일까요?"

메뉴 증량을 간신히 회피한 것 같아 세 사람은 안도했습니다.

일단락된 다음 리호가 마법 수업을 설명했습니다.

"기합이 들어갔는데 미안하지만, 아자미에서는 마법을 중시하지 않으니까 잠깐 쉬는 시간 같은 거야. 콜린 대령도 수다를 떠는 김에 느긋하게 강의하거든."

그런 대화를 하고 있을 때였습니다. 강의실 문이 덜컹 열리더니 그곳에——.

"전체 차려어어어어어어어엇!"

기합이 가득 찬 콜린이 나타나서 악마 교관처럼 호령을 하기 시작했습니다. 아무리 봐도 수다 떠는 김에 느긋한 분위기가 아닙니다.

"어딜 축 늘어져 있나! 느그들은 무슨 아가씨들이가! 네놈들

구더기들이 꿈지럭대고 있을 자격은 없대이! 거기! 수다 그만 떨고!"

또 콜린 대령의 발작이 시작된 건가 싶어서 반 전체가 질색했습니다. 그런 분위기를 티끌만큼도 느끼지 못한 그녀는 기합이 들어간 연설을 시작했습니다.

"오늘은 네놈들에게 좋은 소식이 있는기다! 당분간 마법 이론 수업은 중지대이! 그 대신 실천적인 마법을 며칠에 걸쳐서 습득해 줘야겠다!"

콜린의 제안에 리호가 손을 들고 이의를 제기했습니다. 눈을 게슴츠레 뜨고 입가를 씰룩거리는 당혹한 표정입니다.

"저기, 콜린 대령님. 우리 사관후보생에게 필요한 건 마법 습득보다 그에 준하는 범죄 대책을 몸에 익히는 거라고 배웠는데요. 급하게 익힐 필요가 있을까요?"

"무르대이! 물러 터졌대이 리호! 분명히 잘하는 사람과 못하는 사람이 있을 거고 습득하는 것보다 대처법을 익히는 게 치안에 관해서는 효율적일지도 모르지만——."

"그러면 더더욱——."

"그러나 하지만! 습득의 어려움을 몸소 익혀 보면 대책이나 범죄자에 대한 대응이 더욱 철저해질 거 아이가! 그리고 마법 대회가 가까우니까 소질이 보이는 사람을 알아보고 싶은 목적도 덤으로 있대이."

"……아무리 생각해 봐도 뒷부분이 진심이군요."

"아~. 그리고 보니 아자미였군. 개최국……. 군으로서는 꼴사나운 모습을 보일 수 없겠지."

셀렌과 알란, 두 사람이 견해를 낸 다음에 로이드가 살며시 손을 들었습니다.

"저기……. 선배들은 안 되나요? 지난번에 나갔던 사람이라든가."

소박한 의문. 어째서 경험자를 쓰지 않는가 하는 질문에 새침하게 대답했습니다.

"아아, 지난번 출전자는 마법을 쓰기 전에 깜빡 때려서 반칙패 해버렸대이."

"인선 미스가 장난 아니네요."

콜린은 리호의 딴죽을 신경 쓰지 않고, 진지한 표정을 지었습니다.

"그래서~ 마법을 쓸 수 있는 다소 상식이 있는 사람이라면 오케이래이. 열렬하게 환영."

난이도가 너무 낮아 땅에 묻혀 버린 상황을 보고 이 나라의 미래를 걱정하는 리호입니다.

"보수도 고만고만할 거고 우리 학교에 그렇게 의욕적인 녀석 ──."

척!×2

"있었네."

구시렁거리던 리호 옆에서, 로이드와 셀렌이 등을 쭉 펴고 손을 들었습니다. 수업을 들을 생각이 가득하네요.

게다가 얄궂게도 상식을 일탈한 인재 두 사람입니다. 초인적인 실력을 가진 로이드와 스토커 기질의 셸렌, 난이도가 뭐 어 쨌다고요?

"로이드는 뭐 성실한 데다가 호기심 왕성하니까 그렇다 치고…… 너는 왜?"

셸렌은 리호의 말은 듣지도 않고서 손을 번쩍 들어 콜린에게 제안했습니다.

"콜린 대령님! 저는 회복 마법을 꼭 배우고 싶어요! 소중한 사람이 다쳤을 때 고쳐주는 거죠! 그리고 렛츠 기정사실."

살포시 볼을 물들이는 셸렌. 상처를 고쳐주는 정도로 기정사실이 성립하면 외과의는 중혼이 심각하겠죠.

멈출 줄을 모르는 망상에 알란이 비아냥거렸습니다.

"……정말이지. 그렇게 흑심이 담긴 회복 마법보다는 반창고……. 아니, 근처에 난 풀이라도 발라 두는 편이 그나마 나을 여지가 있어 보이는데."

"말은 잘하네요. 이 나라를 대표하는 회복 마법의 사용자가 되어도 사인 안 해줄 거랍니다."

"세게 나오는군…… 애당초 너는 마법을 쓴 적이 있기는 하냐?"

셸렌이 뭘 모르시네 하는 표정으로 고개를 저어 금발을 흔들었습니다.

"우문이네요. 종류를 불문하고 못 다뤄요."

"정말로 우문이었군. 그리고 왜 쓰지도 못하면서 그렇게 자랑스러운 얼굴인 건데."

"다시 말해서 순진무구! 새하얀 순백! 로이드 님의 색으로 물들여 주세요, 라는 거죠!"

머릿속은 핑크색이군요.

"정말이지. 로이드 공은 어떻게 생각하십니까?"

평소와 다름없는 셀렌에게 질색하면서 알란이 의견을 구했습니다.

그에 비해 로이드는 고개를 갸웃거렸습니다.

"저기 무슨 말을 하는 건지 잘은 모르겠어요. 일단 저는 대단한 마법은 못 쓰니까, 불의 마법이나 회복 마법 같은 걸 쓰는 사람은 존경해요."

그런 로이드의 한마디가 셀렌을 한층 더 부추겼습니다. 그야말로 불에 기름, 스토커에게 상냥한 말.

"알겠어요! 그러면 콜린 대령! 저한테 얼른 불 마법을 가르쳐 주세요!"

존경 = 사랑이라는 스토커 특유의 머릿속 변환이 작렬하자, 콜린이 쓴소리를 하려고 입을 열었습니다.

"보래이, 가볍~게라고 말을 하는데 말이다──."

"가볍게라고 말을 하는데 셀렌 양, 불 마법은 가장 간단하게 배울 수 있지만 그만큼 제일 위험하거든. 폭발하면 곧장 화재로 직결, 무엇보다도 마력을 제대로 변환하지 않으면 온몸이 불덩어리가 된다고."

콜린이 못을 박으려고 한 순간에 리호가 적절한 의견을 말했습니다. 할 말을 뺏긴 콜린은 "끄음." 하고 말문이 막히는 수밖에 없었습니다.

한편 리호에게 혼난 셀렌은 지지 않고 대안을 냈습니다.

"그렇다면 회복 마법을! 회복 마법이라면 위해를 끼치지 않을 테니까요!"

"글타고 회복——."

"어이어이 셀렌 양, 회복 마법이 제일 어렵거든? 프로도 20그램을 회복하기까지 1년은 수행을 한다구. 뱃살 한 줌 만큼의 손상을 회복하는 데 필사적으로 1년을 들인단 말이야. 게다가 제대로 적절하게 쓰지 않으면 돌멩이나 모래 같은 게 몸 안에 들어간 채 상처를 막아서 나중에 곪는 일도 있어. 적출 수술로 돈이 더 들어가는 일이 끊기질 않는다구."

"그, 그랬었나요……."

구체적인 예까지 꺼내자 셀렌은 드디어 입을 다물어 버렸습니다.

콜린이 그 모습을 보더니, 악마 교관 캐릭터는 어디 갔는지 감탄의 한숨을 흘렸습니다.

"하에~. 리호 뭐고? 엄청 박식하지 않나? 상처에 돌 같은 걸 남긴 채 회복하는 미스는 이제 막 배운 회복 마법사에겐 흔히 있는 일이란 걸 잘 아네?"

"아, 아뇨."

어쩌다 열의를 보인 바람에 어색한 리호는 하릴없이 볼을 긁적였습니다.

"어렵다면 더더욱, 아자미 왕국 제일의 회복 마법 사용자인 콜린 대령님이 교관이니까, 기왕이면 회복 마법을 배우는 게 좋지 않겠어?"

알란이 흐트러진 의견을 정리하고자 지당한 의견을 내놓았습니다.

아자미 왕국 제일이라는 단어에 콜린의 귀가 움찔 움직였습니다. 그리고 악마 교관 캐릭터가 돌아왔습니다.

"좋~아. 잘 말했다, 알란! 상으로 우리 집에 와서 배수구를 퍽킹해도 좋대이!"

"절묘하게 미끄덩거리는 장소를 지정하지 말아 주세요."

방금 떠오른 것처럼 돌아온 악마 교관 캐릭터에 알란은 그저 당혹스러울 따름입니다.

"회복 마법을 쓸 수 있으면 멋있으니까요. 저도 공부하고 싶어요!"

"로이드 군, 참 착하대이! 누나가 상으로 도넛 카페의 무료권을 주는 기다!"

한편, 로이드의 말에는 악마 교관이 아니라 멀쩡하게 대응했습니다. 캐릭터가 유지되도록 좀 노력해 봅시다.

"나랑 대응이 너무 다른데요."

"시끄럽대이, 물벼룩! 네놈은 교관에게 말대답을 하나! 그 얼굴로 도넛 좋아하나! 알맹이는 소녀가!"

이제 귀신 교관이 아니라 그냥 악담을 퍼붓는 사람이군요. 알란이 살짝 울상입니다.

로이드는 받은 티켓에 「커플 전용 무료권」이라고 적힌 걸 보고는, 어떡하지 싶어서 쓴웃음을 지으며 뒷주머니에 넣었습니다.

그리고 이것을, 단어를 자기 사정에 맞춰 변환하여 이해하는 강자 셀렌이 단단히 물고 늘어졌습니다.

"회복 마법을 습득하면 상으로 도넛 카페에서 로이드 님과 므흐흐한 일을…… 하겠어요!"

도넛 카페에 폐가 됩니다. 관두세요.

그 의욕에 자극을 받은 콜린도 신이 나서 응답했습니다.

"말 잘했대이! 콜린즈 회복 부트 캠프 탄생인기다!"

리호가 턱을 괴면서 눈을 게슴츠레 떴습니다. 멋대로 하세요란 태도군요.

"말은 그렇지만 구체적으로는 뭘 하는 건데요? 일반적으로는 식물을 칼날로──."

"그렇게 느긋하게 시간 못 들인다! 술식을 컨닝해도 괜찮으니까 닥치는 대로 다친 사람을 회복시켜 보는 기다! 반복과 경험을 이기는 게 없다 안 카나!"

"우후후, 그러니까 부상자가 필요한 거군요."

그리고 셀렌은 알란의 몸을 툭 통로로 밀어냈습니다.

교실 통로에 반쯤 몸을 내민 알란. 반 전체의 시선이 집중되었습니다.

"어이! 뭐 하는 거냐, 벨트 공주!"

"어머나, 이런 곳에 튼튼함이 장기인 남자가 있지 않겠어요!"

"장난하냐! ──잠깐만! 다들! 그런 눈으로 보지 마라!"

이 타이밍에서 몸을 내밀었으니 부상자 지망이라고 봐도 어쩔 수 없는 일이죠.

"괜찮답니다. 얼굴은 이미 다친 거나 마찬가지니까요. 혹시 훈남이 될 찬스가 있을지도 모르죠?"

"너 인마! 나 같은 멋쟁이한테 무슨 말을 하는 거야! ……어, 콜린 대령님?"

문득 돌아보니, 술식 전개를 시작한 콜린이 보였습니다. 회복 마법의 기척이 티끌만큼도 없네요. 손에 불꽃을 둘렀으니까요.

"대륙 학생 마술대회는 모두 하나로 뭉쳐야 좋은 성적을 낼 수 있다이. 희생은 생기는 법인 기다."

"하나로 뭉치자는 말과 희생은 모순되지 않습니까—— 으아아아아아아아아악!"

결국 힘이 지나쳐서 알란은 크게 다치고 말았습니다. 회복 마법으로는 회복이 힘들게 된 알란은 병원으로 실려갔죠. 수업은 중지되었답니다.

같은 시각, 노스 사이드. 여기는 아자미 왕국 육지 방면의 현관입니다. 선물 가게나 레스토랑, 고급 여관 같은 관광 산업을 주체로 한 가게들이 늘어서 있습니다.

그 고급 여관의 어느 방, 어쩐지 위험한 표정의 여성이 잘난 태도로 소파에 앉아 있었습니다.

양복점에서 맞춘 것으로 보이는 고급스러운 느낌이 넘치는 회색 양복을 입었고, 약간 마른 몸에 머리카락은 윤기가 흐르는 블랙 롱 헤어입니다. 연령은 20대 중반쯤일까요?

그러나 가장 눈길을 끄는 것은 눈초리였습니다. 도발적이고 도전적이며, 무엇보다도 모든 것을 깔보는 눈동자. 눈을 마주친 사람 모두를 짜증나게 하는 그런 눈이었습니다. 예쁘긴 하지만 접객업에는 맞지 않는 타입이라고 생각하면 되겠네요.

"그래서, 일은 어떻게 됐고예?"

여성이 나긋하고 고상한 서방 사투리로 눈앞의 두 사람에게 말했습니다.

한 사람은 모델 같은 체형의 금발 소녀. 어떤 옷이라도 어울릴 법한 모델 체형이지만 복장은 검소하군요. 꽤 오래된 두꺼운 바지와 색이 엷은 파카. 표정이 빈약해서 정색한 표정으로 손을 축 늘어뜨린 상태입니다.

또 한 사람은 몸집이 작은 실눈의 소녀입니다. 이쪽은 정반대로 표정이 풍부하군요. 헌팅캡에 미니스커트, 건강한 매력이 있는 저널리스트 같은 복장입니다.

"아, 롤은 욕심도 많아."

몸집이 작은 소녀—— 메나는 붙임성 있는 미소를 지으며 양복을 입은 여성, 롤의 어깨를 손가락으로 찔렀습니다.

롤의 눈썹이 움찔 움직였습니다.

"일단은 상사라예……. 반말은 마이소."

"에이에이! 사소한 건 됐어! 그런데 무슨 이야기였지?"

롤은 포기한 느낌으로 탄식하고 끈기 있게 다시 한번 본론으로 들어갔습니다.

"사소하긴커녕 중요하다는 걸 잊은 거 아이가! 부탁했던 조사 말이다!"

"꼬치구이가 맛있었어. 나중에 같이 가자!"

"주위의 맛집 조사는 부탁 안 했다!"

메나가 엄지를 척 세우면서 신이 났습니다. 상사가 화를 내지만 귓등으로도 안 듣는 태도군요.

"사소한 건 됐잖아! 그런데 롤은 소금구이가 좋아? 아니면 양념?"

"소금인지 양념인지 그쪽은 사소하지 않단 기가!"

"그럼 안 되지. 롤. 어느 쪽인지 정하지 않으면 상사랑 술집에 갔을 때 우유부단하다고 미움받을 거야."

"현재진행형으로 상사의 호감도가 내려가고 안 있나……."

들을 생각이 없는 메나는 지론을 전개하기 시작했습니다. 헌팅캡을 고쳐 쓰고는 진지한 어조로 말입니다. 방송의 미식 리포터라도 되나 본데요?

"예로부터 소금파는 소재의 맛이라고 외치지만 양념이야말로 「그 가게의 맛」을 연출하는 포인트라고 생각한단 말이지. 배우로 따져 보면 소금은 소재를 중시한 훈남 배우, 양념은 경험과 깊이가 있는 베테랑 배우——."

메나의 연설에 롤은 머리를 누르면서 이번에는 옆에 유령처럼 서 있는 소녀에게 말했습니다.

"필로, 어땠나? 제대로 대답을 좀 해 봐라."

"………………응."

듬뿍 망설인 다음, 필로란 소녀가 무표정하게 소리를 냈습니다.

메나가 곧장 통역을 합니다.

"꼬치구이 맛있었어, 라는데. 특히 소금을 절묘하게 쳐서 아마도 근해의——."

"니도 꼬치구이가! 아니, 그 이전에 '응' 밖에 말 안 했다 아이가! 그 한마디에 얼마나 정보가 담긴 기고!"

"자매니까 통하는 것도 있는 거야. 그치? 필로."

"……응."

"에이 필로오, 그렇게 칭찬해도 줄 거 없거든."

콩트를 벌이는 메나와 필로. 한편 롤은 자매란 단어에 노골적으로 싫은 표정을 지었습니다.

"자매라든가 그런 건 믿을 게 못 되는 기라……."

"응, 분명히 양념인가 소금인가로 다투긴 했지만."

"꼬치구이에서 좀 떨어지라!"

소파에서 일어서더니 메나에게 바싹 다가가는 롤. 필로는 시원스럽다는 표정입니다.

"…………응."

"잠깐, 필로. 분위기를 풀어보려는 가벼운 조크였겠지만 그러면 악담이잖아."

"뭐라 한 기고! 구체적으로!"

"고소당하면 질 것 같으니까 관둘래."

"법정에서 다툴 말인 기가!"

딴죽을 너무 걸어서 어깨를 들썩이며 숨을 쉬는 롤. 메나는 일어선 그녀 대신 소파에 앉더니 누워서 처지기 시작했습니다.

"그렇지만 아자미는 넓단 말야. 그리고 여기저기 맛있는 음식이란 함정이 있어! 내 위에도 한계가 있단 말이야."

앉을 장소를 잃은 롤이 팔짱을 끼고 짜증을 냈습니다.

"정말로 아무런 수확도 없고예?"

"아니아니, 그렇지도 않아. 사실 이스트 사이드에 정보상이 있대. 잡화상이 아자미에 대해서 이것저것 안다던데."

"왜 거기를 안 가고!"

"그거 알아? 돈은 여행지에서 날개가 달리는 거."

메나와 필로는 둘이 함께 파닥파닥 손을 작게 흔들면서 날개를 연출했습니다.

더 이상 딴죽 걸 기력도 없는 롤은 이마를 누르면서 흘리듯 말했습니다.

"다 쓴 기가……? 뭐 정보상이니까 어느 정도 돈이 필요할지 모르니 군자금이 좀 더 필요하다…… 이 말이가?"

"예스(Yes)! 댓츠 라이트(That's right)!"

롤은 미간에 주름을 만들면서 두꺼운 지폐 다발을 건넸습니다. 메나가 생긋 웃더니, 금세 허리의 파우치에 넣었습니다. 부풀어오른 파우치를 보고 만족한 모습이군요.

"땡큐, 롤! 좋은 소식 기대해."

롤은 벽에 기대더니 내쫓는 손짓을 했습니다.

"알았으면 얼른 가 봐라…… 시간이 얼마 없다 아이가."

메나는 지친 롤을 보고 만족스러운 기색으로 가볍게 일어서더니 연극처럼 경례를 했습니다.

"그러면 메나와 필로, 퀴논 자매는 이제부터 구이 전 종류 제패! 덤으로 정보상에서 정보를 알아오겠습니다!"

"반대다! 아니 반대도 아이다! 구이 제패는 괜한 짓이다!"

메나가 양손을 흔들면서 방을 나섰습니다.

그리고 필로는 롤 앞에 섰습니다.

"……괜찮아. ……걱정 안 해도 돼……."

오늘 처음으로 '응' 말고 다른 말을 들은 롤이 감격한 기색입니다.

"필로! 니는 저 글러먹은 언니랑 다르게 똑 부러진 애라고 생각한 기라!"

"……선물 사올게."

"나가삐라, 이 문디 가스나들아!"

방 전체에 롤의 노성이 메아리쳤습니다. 아파트였으면 집주인에게 혼날 일이군요. 과연 이 3인조는 대체 뭘 꾸미고 있는 걸까요?

장소가 바뀌어 이스트 사이드. 여기는 아자미에서 가장 치안이 나쁘고, 아침부터 밤까지 다툼이 끊이지 않는 번화가도 있는가 하면 진기한 물건이나 횡령한 물건을 다루는 노점도 있습니다. 인정미가 넘치다 못해 콸콸 새어 나오는 주민들이 모인 근사한 구역이죠.

그 이스트 사이드의 저녁. 로이드가 하숙하고 있는 잡화점에서는 집주인 마리가 우아하게, 만족스럽게 커피를 마시고 있었습니다.

그도 그럴 법합니다. 지난번에 일을 하나 마치고, 더욱이 그 중년 촌장의 화려한 리액션도 봤으니 속이 다 후련한 참이죠.

"이렇게 느긋하게 커피를 마시는 행복…… 최고야아."

여기, 잡화점이죠? 장사하는 사람에게 있을 수 없는 발언이군요.

그리고 그녀가 다 마신 커피잔을 부엌으로 가져가려는 참이었습니다. 평소와 같은 가게 안에 낯선 오브제가 서 있는 것을 깨달았습니다.

가게의 상품 선반 앞에, 금발에 파카를 입은 소녀가 팔을 축 늘어뜨리고 이쪽을 가만히 보고 있지 않겠어요?

"오부후!"

인간이란 것을 깨달은 마리가 이상한 기침을 했습니다.

가게 주인이 기침을 해도 여자애는 뚱한 표정으로 우두커니 서있을 뿐입니다. 표정근이 전혀 없는 게 아닌가 싶을 정도로, 마네킹인가 싶을 정도로. 눈썹 하나 까딱하질 않네요.

"저기…… 손님?"

자신의 가게가 영업 중이란 걸 떠올린 마리는——이 사람도 좀 그렇긴 하네요——확인을 위해서 금발 소녀에게 물었습니다. 그러나——.

"…………응."

돌아온 대답이 '응' 밖에 없군요.

"응?"

"……응."

"으응?"

"…………응?"

두 사람 동시에 고개를 갸웃거렸습니다. '응'이 멘탈 붕괴할 법한 순간, 잡화점의 문이 기세 좋게 열렸습니다.

"필로, 좀 기다리라니까아! 보폭도 체력도 의욕도 전혀 다르잖아."

이번에는 헌팅캡을 쓴 몸집이 작은 실눈 여자애가 들어왔습니다.

이 표정근 없는 소녀랑 아는 사이, 게다가 의사소통이 가능한 사람이란 걸 알게 된 마리는 실눈 소녀에게 다가섰습니다.

"너는 이 표정 없는 여자애랑 아는 사이야? 얼른 좀 데리고 나가!"

요즘 시대에 점원이 이런 태도를 취하면 클레임이 마구 들어오겠죠. 세상 참 각박합니다. 진짜로.

"일단은 손님인데에."

"손님? 무슨? 아니…… 또 잊었네. 영업 중이었지."

후 불면 날아가는 깃털보다 가벼운 경영의식입니다.

실눈 소녀가 화내지 않는 걸 보니, 아무래도 말없는 소녀에 대한 주위의 반응에 익숙한 모양입니다. 헌팅캡을 벗더니 정중하게 인사를 했습니다.

"이거 참 폐를 끼쳤어요. 실눈이 큐트한 내 이름은 메나 퀴논. 이쪽의 뚱한 표정이 큐트한 여자애는 내 동생인 필로 퀴논입니다. 정보상에게는 퀴논 자매라고 하는 게 더 알기 쉬울까요?"

"……응."

그제야 진정한 마리는 두 사람의 특징을 자신의 정보와 비교해봤습니다.

"퀴논 자매…… 마법이 뛰어난 언니 메나와 무술이 뛰어난 여동생 필로. 용병 자매구나."

"딩동댕! 참고로 지금은 로쿠죠 마술학원에서 임시 강사를 하고 있습니다아."

마리는 그런 손님을 상대로 잠시 멍하니 생각하다 조심조심 물었습니다.

"무슨 용건이신가요? 상품은 이쪽입니다."

가리킨 곳에는 조합한 약이 난잡하게 놓여 있었습니다. 정말 경영의식이 없네요.

메나는 약 선반에 눈길도 주지 않고 마리에게 다가갔습니다. 아무래도 목적이 따로 있는 것 같아요.

"그게, 약이 아니라 말이죠오. 사람을 찾아 삼천리! 그런 거예요, 마녀 마리 씨."

"그렇구나……. 즉, 마녀를 찾아왔단 말이지."

이 두 사람의 목적을 드디어 알아낸 마리는 여유를 되찾았습니다.

의자에 고쳐 앉고서 심호흡. 그리고.

© Nao Watanuki

"──예로부터 마녀란 대가를 받고서 바람에 응답하는 것, 그에 걸맞은 제물을 내놓을 각오가 필요해. 그걸 알고도 바라는 소망은 대체 뭘까?"

평소처럼 정형구를 말한 다음, 마녀다운 요염한 미소를 지었습니다.

"……………응."

필로가 신지하게 고개를 끄덕입니다. 그리고 품속에서 천천히.

"……이거."

갓 튀긴 추로스가 들어간 주머니를 꺼냈습니다.

"상응하는 대가가…… 추로스."

"……응."

마리는 난처해졌습니다. 여전히 뚱한 표정. 농담인지 진심인지 짐작도 안 가는군요.

옆에 서 있던 메나가 그 추로스를 보더니, 짐짓 과장된 반응을 선보였습니다.

"우물……. 이, 이것은 아까 필로가 절찬했던 시나몬 슈가 추로스! 한입 달라고 해도 주지 않았던 물건……. 이걸 내놓다니! 이 얼마나 대단한 각오인가!"

"그 각오를 방금 먹었잖아!"

입가에 설탕이 묻은 메나가 웃으며 마리를 보았습니다.

"좋아 좋아. 마녀 씨도 롤 정도는 아니지만 딴죽 거는 재능이 있는데? 그럼 본론으로 들어갈게요."

본 적도 없는 롤이란 사람에게 친근감을 느낀 마리는 메나가 내민 사진에 눈길을 주었습니다.

사진에는 삼백안에 후드를 뒤집어쓴 키 크고 마른 여자애가 찍혀 있었습니다……. 오른팔에 어쩐지 위화감이 있군요……. 어디서 봤다 싶은 풍모에 마리는 금세 깨달았습니다.

메나의 실눈이 한순간 떠졌습니다.

"이 여자애, 리호 플라빈이란 애를 찾고 있어."

로이드의 동급생으로 가끔 여기를 찾아오는 그녀. 그리고 옛날에는 악명 높은 용병이었다는 것도 알고 있습니다.

물론 이대로 대답해 줄 수도 있습니다.

하지만 옛날 일을 복수한다거나, 그녀가 위험해질 가능성을 고려한 마리는 안경을 고쳐 쓰고 질문했습니다.

"그런데 어째서 이 애를 찾고 있는 거지?"

"훗훗후. 누구한테 묻고 있는지 알고는 있어? 당신은 지금 심부름꾼 앞에 있는 거야. 알 리가 없잖아."

"뽐내면서 할 말은 아닌 것 같은데."

반쯤 질려 버린 마리. 그러나 다음 순간, 메나의 분위기가 휙 변했습니다.

"걱정을 한다는 건 어딨는지 알고 있다── 오히려 아는 사이, 친한 사이라는 걸까?"

스윽── 실눈을 뜬 메나를 보고 마리가 경계해 버리고 말았습니다.

"당신…… 제법…… 날카로운걸."

"그 기분은 이해해. 나도 필로가 같은 입장이었다면 그렇게 생각했을 테니까."

두 사람 사이에 팽팽한 긴장감이 흘렀습니다.

잡화점 안에 떠도는 불온한 침묵.

잠시 지나서 메나가 "후후." 하고 웃음을 흘렸습니다.

"이야~. 괜히 협박해서 미안 미안. 그러니까 솔직하게 말할게. 정말로 몰라. 우리 상사가 이유를 안 가르쳐줬거든. 숨기는 일이 많으니까 친구가 없는 거라고 말을 했더니 주먹으로 때리더라. 피했지만."

"그, 그래."

메나는 눈을 가늘게 되돌리더니, 다시 익살스러운 어조로 말했습니다. 팽팽했던 긴장감이 한순간에 풀려 버렸군요.

마리는 안도의 한숨을 흘렸습니다.

그리고…… 어느샌가, 대화의 주도권이 메나에게 가 버린 것을 마리는 깨닫지 못했습니다.

"하지만 이래저래 일이 있어서 지금 직업이 맘에 든단 말이지. 필로는 강해 보이는 남자를 보면 무투가의 피가 끓는 건지 싸움을 걸어서 그때마다 해고당해 버렸거든. 지금 마술학원은 육체적으로 강한 남자애가 없으니까 편하단 말야."

"…………백전백승."

정색한 표정으로 V사인을 하는 필로. 마리는 쓴소리를 하는 수밖에 없습니다.

"사정은 딱하지만 말야……. 일단 승리를 따지기 전에. ……

그건 상해죄."

"돈은 그럭저럭 받아 왔으니까 나쁜 조건은 아닐 거라고 생각하는데."

대화의 페이스를 완전히 빼앗긴 마리. 어떡하나 고민하고 있을 때였습니다.

"⋯⋯⋯⋯⋯⋯⋯으."

흠칫. V사인을 하고 있던 필로의 몸이 살짝 굳었습니다.

"필로?"

메나는 여동생의 거동을 걱정스레 보았습니다.

필로는 문 너머, 저 먼 곳을 보고 있었습니다. 천적을 발견하고 경계하는 동물의 움직임과 비슷하군요.

메나가 신기한 기색으로 들여다보려고 했지만 필로가 자기 뒤로 숨겼습니다.

그녀는 축 늘어뜨리고 있던 팔을 천천히 허리 높이까지 올리고 전투태세를 취했습니다.

표정은 아까와 똑같지만, 온몸에서 험악한 분위기를 풍기고 있었습니다.

그 긴박감이 전해져 오자, 마리는 마른침을 삼켰습니다.

정적에 휩싸인 잡화점.

조금 지난 다음, 문이 천천히 열렸습니다. 거기서 나타난 것은

──.

"다녀왔습니다."

긴장감 한 조각도 없는 온화한 표정의 소년, 로이드가 사관학

교에서 돌아왔습니다.

다음 순간입니다.

"━━━━━으으윽."

조금 전까지 모든 움직임을 최소한으로 억제하고 있던 필로가 눈을 부릅뜨더니 굉장한 기세로 달려갔습니다. 그리고━━.

"아, 손님이네요. 느긋하게 보고 있으세━━."

두 사람을 손님이라 짐작하고 정중하게 인사하는 로이드.

"━━━━━훅!"

그 찰나, 잡화점의 천장에 닿지 않을까 싶게 도약한 필로가 로이드에게 덤벼들었습니다.

한편 로이드는 이제야 고개를 드는 참이었습니다.

"이야아아아아!"

날아차기, 체중을 실은 일격이 로이드의 이마를 향해서 날아갔습니다.

뻐억! 굵직한 소리. 이어진 충격에 가게 안의 공기가 부르르 떨렸습니다.

"잠깐! 로이드 군!"

그 충격으로 방관하고 있던 마리가 그제야 입을 열었습니다.

혼신의 발차기. 게다가 인사를 한 다음의 무방비한 상황. 보통 사람이라면 이마가 깨지거나 뼈가 부러졌을 겁니다.

━━보통 사람이라면요.

"…………네?"

로이드는 아무 일도 없단 듯 그 자리에 서 있었습니다. 이마가 약간 빨갛지만 책상에 엎드려 잔 다음 정도였습니다.

쉴 틈도 없이, 필로는 바닥에 착지하고서 돌려차기를 했습니다.

두꺼운 통나무를 휘두른 것처럼 바람을 가르는 소리. 멀리 놓아 둔 낡은 책의 페이지가 파라락 넘어갔습니다.

로이드의 가슴팍에 필로의 차기가 파고들었습니다.

"……저기?"

그러나 로이드는 끄떡도 하지 않았습니다.

차기를 뿜어낸 자세 그대로, 필로와 로이드의 눈이 마주쳤습니다.

신기한 공간이군요. 둘 다 고개를 갸우뚱거리고 있습니다. 필로가 살짝 다리를 내렸습니다.

그녀는 그냥 무사한 정도가 아니라 서 있는 위치도 변하지 않은 로이드를 보더니.

"……응?"

추가 공격도 잊은 채 고개를 갸웃거리고 말았습니다.

"응?"

로이드도 그걸 따라 고개를 갸웃거렸습니다.

표정에는 안 나타났지만 필로의 시선은 로이드의 몸을 바쁘게 훑어보았습니다. 이마는 조금 빨개진 정도, 가슴팍에는 흙먼지가 좀 묻었고 서 있는 위치는 변함없음. 동요할 법도 하네요.

침묵이 지배하는 그 기묘한 공간에 날벌레 한 마리가 지나갔습니다. 식물 같은 걸 키우다 보면 이런 벌레가 꽤 많이 생겨요.

그 벌레가 날아가는 걸 보고 로이드는 납득하여 손뼉을 쳤습니다.

"아아! 그렇구나! 날아온 파리를 잡으려고 한 거군요. 어쩌다 보니까 저한테 닿은 거네요."

"……파리?"

필로는 정색한 표정이지만 목소리에는 동요한 기색이 흘러나왔습니다.

"발이 닿았지만 신경 쓰지 마세요! 멍하니 있다가 못 피한 제가 잘못한 거니까요……. 하지만 도시에서는 발로 파리를 잡는 거구나……. 그렇구나. 하긴 손으로 잡으면 지저분하니까."

로이드는 필로의 동요를 '몸이 부딪혀서 미안하게 생각하고 있다'고 멋대로 해석하고는 그렇게 안심시켰습니다.

로이드 앞에서 필로는 미묘하게 거리를 벌렸습니다. 하긴 혼신의 일격을 파리 잡기 정도로 생각하고 있으니까 '네 공격 따위 벌레밖에 못 죽인다'라고 말하는 거나 마찬가지입니다.

"필로의 공격을 받고서 쓰러지긴커녕……."

메나도 실눈을 부릅뜨고 로이드를 경계했습니다.

"아~. 로이드 군이라 다행이야……. 지금 그거, 보통 사람이었으면 곧장 병원행이거든."

"저기, 손님인가요? 저는 로이드 벨라돈나라고 해요. 마리 씨 댁에서 하숙하고 있습니다."

로이드의 변함없는 태도에서 끝 모를 무언가를 느꼈는지, 메나가 황급하게 자기소개를 했습니다.

"맞아요! 제가 메나고 이쪽이 필로! 퀴논 자매라고 불리고 있습니다……. 좀 사람을 찾고 싶어서 왔는데, 결코 적의가 있는 건——."

로이드는 메나 손에 있는 사진을 보고 전혀 경계심 없이 자신이 아는 것을 냉큼 말해 버렸습니다.

"어라? 그거 리호 씨잖아요?"

"——그래요, 리호 씨를 찾아…… 엥? 아는 사이?"

순박한 소년은 의심하지 않고 정직하게 대답했습니다. 부드러운 미소를 짓고서 메나에게 정중하게 가르쳐주려고 하는군요.

"네, 같은 사관학교에서——."

"로이드 군, 잠깐——."

목적을 모르는 녀석들에게 가르쳐 주면 안 된다고, 로이드를 말리려는 다음 순간이었습니다.

"…………응."

필로가 로이드 앞을 막아섰습니다.

"네?"

정색한 표정으로 진지하게 바라보는 필로, 뭔가 말하고 싶은가 봅니다.

"잠깐…… 반격 개시야?"

마리가 일촉즉발이라고 생각한 다음 순간 필로가 고개를 깊숙하게 숙였습니다.

"…………필로 퀴논이라고 합니다. ……제자로 받아주세요."

"네에에?"

설마 했던 제자 지망. 로이드는 무슨 뜻인지 이해를 못하고 당황했습니다.

"……무슨 무술을 하고 있는 것으로 보았습니다. ……어떤 유파인가요?"

"유파라뇨. 그런 거창한 건 아무것도 안 했어요!"

"……더욱 궁금해졌어……. 취사, 세탁, 청소……. 뭐든지 할게요……. 부디……."

농담인지 진심인지 알 수 없는 정색한 필로. 로이드는 해석하지 못하고 허둥댔습니다.

"저기, 아니, 애당초 여기는 마리 씨 집이니까요……. 제가 혼자서는……."

빙글! 필로가 마리 쪽을 돌아보았습니다.

"……그래서 내제자로 여기 살게 됐습니다. 필로입니다."

"네?"

마리의 얼빠진 대답. 갑자기 집에 살겠다고 했으니 당연하죠.

필로는 그 한마디를 듣더니 다시 로이드 쪽으로 돌아섰습니다. "네?"를 긍정으로 받아들였나 보네요.

"……그러면, 얼른 제자로서 등을 밀어드릴게요. ……목욕탕은 어디인가요?"

"어, 잠깐, 옷 벗기지 말아주세요……. 하우."

자 옷 벗자아~. 란 말이 어울리는 구도가 완성됐습니다. 좋아하는 사람은 견딜 수 없겠죠.

"⋯⋯⋯⋯나가! 두 번 다시 오지 마!"

약간 질투심이 담긴 마리의 절규가 가게 안에 울렸습니다. 만화였다면 가게의 유리가 깨지는 연출이 있을 것 같네요.

그제서야 떨어진 필로는 "또 봐."라며 손을 흔들고 메나와 함께 물러갔습니다.

제멋대로 구는 필로와 메나의 행동에 당한 마리는 역정이 났습니다. 펄펄 화를 냅니다.

"정말! 입구에 소금 뿌려야지."

"아하하⋯⋯."

힘 없이 웃는 로이드를 마리가 질책했습니다.

"로이드 군도 뭘 멍하니 있어! 그렇게 저 여자애가 달라붙는 게 기뻤어?! 아니면──."

저런 애가 취향이야? 마리가 말을 삼킨 직후였습니다.

"아야야야⋯⋯."

로이드가 갑자기 약한 소리를 흘리면서 웅크려 버렸습니다.

"잠깐, 왜, 왜 그러니? 로이드 군? 어디 아파?"

"아, 네. 이건 갈비뼈가 부러졌네요."

"후아?"

태연하게 갈비뼈가 부러졌다고 고백한 로이드에게 얼빠진 대답을 해 버렸습니다.

힘없이 일어선 로이드는 자기 가슴을 문질러 보고 부러진 부분을 알아냈습니다.

"두 군데 골절이네에⋯⋯. 아무리 그래도 벌레 잡는 정도의 킥으로 갈비뼈가 부러지다니……. 나는 정말 약하다니까."

"어, 잠깐. 갈비뼈?"

만화 같은 데서의 연출로 흔히들 '갈비뼈 몇 개가 나갔다'고들 하지만 실제로는 폐가 부풀 때마다 몸부림칠 정도로 통증이 생깁니다. 가볍게 할 말이 아니죠. 골절은 중상이니까요.

로이드는 지금까지 아픈 시늉은커녕 그런 표정을 보인 적도 없었습니다. 인외마경, 콘론 마을 출신인 그는 몬스터에게 공격을 받든 무슨 일이 일어나든 대부분의 경우 대미지 제로. 태연했으니까요.

그러나 지금, 그런 그가 처음으로 마리 앞에서 고통스러운 표정을 지었습니다.

"로이드 군이 다치다니…… 그 애, 상당히 위험하구나."

퀴논 자매의 소문은 진짜였구나. 내심 중얼거리는 마리 옆에서 로이드가 약하게 웃었습니다.

"아하하. 이야~. 콘론 마을에 있을 때는 늘상 다쳤었는데 오랜만이네요, 골절."

"늘상? 아니지 얼른 안정을 취해야──."

"어, 이 정도는 괜찮아요."

로이드는 천천히 일어서더니 가볍게 웃었습니다.

"골절 같은 건 저 같은 사람도 길어 봐야 3시간이면 낫거든요……. 마을에 있는 피리도 할아버지는 기합 한 번 넣으면 낫지만요."

"아, 네. 죄송합니다."

마리는 그가 초인들이 모인 마을 「콜론 마을」 출신이라는 것을 잊고 있었던 걸 후회했습니다.

"아, 그렇지. 저녁 만들어야지……. 옷 갈아입자."

일반적으로는 중상 환자로 봐야 할 로이드가 서둘러서 옷을 갈아입더니 태연하게 부엌에 가서 평소처럼 저녁 식사 준비를 시작했습니다. 통증은 잦아든 모양입니다.

"신경 써도 어쩔 수 없겠지……. 당분간 함께 살게 되니까, 이런 거에도 익숙해져야 해."

마리는 혼잣말로 투덜거리고 "당분간……. 응, 되도록 계속……."이라고 작은 소리를 흘리면서 혼자 볼을 붉혔습니다.

아무도 안 보는데 뾰족한 모자로 얼굴을 감추며 홍조가 잦아드는 것을 끙끙대면서 기다렸습니다.

(뭐, 그야…… 되도록 말이야.)

뭔가 감추려는 마리. 나라의 위기를 무사히 해결했는데 왕녀란 신분으로 돌아가지 않는 이유가──.

"흥흐흐~응."

이 일등 색싯감의 실력을 유감없이 발휘하는 로이드에게 마음과 위장을 꽉 붙들렸기 때문입니다. 로이드는 본래 사관학교에서 기숙사 생활을 해야 하는데, 예전 부하인 크롬에게 사심을 불어넣은 결과 중도편입을 이유로 여기서 등교하도록 하고 있을 정도니까 상당히 빠져 있는 거죠.

"정말이지 참……. 어떡하지……."

사랑에 빠진 소녀는 혼잣말을 중얼거립니다.

그리고 볼의 홍조가 잦아들고, 뾰족한 모자를 벗었는데 그 시선 끝에서——.

"헬로란다, 마리."

콘론 마을의 촌장이자 마리의 스승, 알카가 의자에 앉아서 생긋 손을 흔들고 있었습니다. 아마 순간이동으로 찾아온 거겠죠.

"징밀이지 참……. 어벅하지……."

그 고성능 로리 할망구는 생긋 웃고 있었습니다. 그것을 보고 공포가 증폭된 마리의 표정도 굳었습니다. 참고로 빨갛게 달아올랐던 표정은 순식간에 파랗게 변했습니다. 혈색 참 바쁘네요.

"……까딱까딱."

그 감이 맞아떨어졌는지, 알카가 웃으면서 마리를 정좌시켰습니다.

바닥에 정좌를 강요받은 마리. '이건 아니잖아.' 싶은 표정으로 알카를 노려보았습니다.

"당분간 못 오는 거 아니셨던가요."

"……농사일을 하는데 뭔가 감이 오더구나. 그래서 몰래 빠져나왔단다."

"무슨 말씀이신쥐이."

자각이 있는 마리는 얼굴에서 땀과 함께 후회를 주르륵 흘렸습니다.

"어디, 성검의 마을에 살짝 여행을 다녀온 건 뭐라 변명할 셈인고?"

"들켰나……."

　로이드의 힘을 정치에 이용하지 말라고 입이 마르도록 말했던 알카가 그 금지사항을 깬 이유를 물어보러 방문…… 그렇게 생각한 마리는 준비해 둔 변명을 말했습니다.

"딱히 이용한 거 아니에요. 일부러 한 거 아니에요. 로이드 군이 쓰레기 줍기를 자주적으로 하다가 잡지랑 빈 캔을 줍는 김에 쓰레기라고 생각해서 뽑아 버린 것뿐이에요."

　성검이 불쌍하네요.

"그런 성검 따위 솔직히 아무래도 좋단다! 문제는 여행이다! 간 게냐! 즐거웠느냐!"

　성검이 불쌍하네요.

"그야 뭐, 당일치기 여행…… 같은 거긴 했지만요."

"부럽구나! 네 이놈! 내가 이쪽에 오지 못하는 틈을 타서 엔조이하고 있는 게구나!"

"분명히 엔조이하고는 있는데요……. 이래저래 수고한 저에게 신이 내려주신 상이라고 해석하고 있어요!"

"부정 안 하는 게냐아아아!"

　마을에서 농사를 하느라 스트레스가 쌓였는지, 알카는 온 힘을 다해 떼를 부리며 발을 굴렀습니다.

"그래서 내가 말한 게다! '로이드가 하숙하는 집의 유감 마녀가 매일 밤 반하는 약과 흑마술로 로이드를 세뇌하고 있을지도 모른다' 고……. 마을 녀석들은 어째서 믿어주질 않는 게냐."

"좀 같이 나갔다 온 것뿐이잖아요! 그리고 마녀라고 그런 짓 안 해요!"

"아아니, 요즘 마리는 그럴 법하단다! 이성이 날아가서 뭔 짓을 할지 모른단다! 갑자기 빨가벗고서 로이드의 사타구니에 얼굴을 묻으며 심호흡할지도 모르는 게다! 떠올렸더니 또 하고 싶어졌구나! 어찌할 게냐!"

"또라고 했어요! 한 적 있는 건가요! 그리고 애당초 상식이 날아간 사람이 저한테 뭐라는 건데요! 이 로리 할망구!"

로이드가 그 소란을 들었는지, 자매의 대화를 보는 것처럼 흐뭇한 시선을 보내며 부엌에서 나타났습니다.

"아, 역시 촌장님이다. 어서 오세요."

"로이드으으! 오랜만에 만났으니 쪽쪽해도 되겠느냐아!"

"저기이, 저도 이제 다 컸으니까 쪽쪽은…… 마을 일 열심히 하세요──. 그렇지 마리 씨, 요즘 지친 것 같으니까 레몬 벌꿀 절임을 만들었어요. 나중에 드세요."

대응이 너무 다르자 입을 벌린 채 말을 잃은 알카. 마리는 쑥스러운 기색으로 볼을 붉적였습니다.

"이 차이는 무엇이냐! 역시 흑마술이더냐! 나도 가르쳐다오!"

"그런 거 아니고, 알아도 안 가르쳐 줘요."

"뭐 좋단다. 일단 로이드의 수제 벌꿀 절임을 먹어보자꾸나."

"……………………안 돼요."

그 부자연스러운 침묵에 알카는 귀를 움찔하며 말했습니다.

"허어, 어째서 안 되는 것이냐? 좋아하는 애가 자기를 위해서

© Nao Watanuki

만들어 준 요리는 넘기기 싫다 뭐 그런 것이냐? 너, 역시 로이드에게 반한 게구나아."

"잠깐, 무슨! 무슨 말씀을 하세요!"

얼굴을 붉히는 걸 보니 벌써 대답을 한 거나 마찬가지인 마리입니다. 알카가 아담한 다리를 꼬더니 여교사처럼 설교를 시작했습니다. 섹시함 같은 건 전혀 없네요.

"안 돼, 안 된다! 나이 차이를 생각해야 하는 게다!"

"……까딱하면 저 커다란 나무보다 오래 산 당신이 무슨 말씀을 하시는 건지."

설득력도 전혀 없네요.

마리의 냉정하고도 적절한 딴죽은 신경 쓰지 않고, 알카는 자기가 하고 싶은 말을 이었습니다. 이것도 고령인 분들에게 대단히 많은 타입이죠……. 성가시기 짝이 없네요.

"만약 남자를 꾀려다가 엇나가서 이런 수 저런 수로 로이드를 함정에 빠뜨려 칭칭 얽어맨다거나……."

"엉망진창인 상상은 그만하세요."

그리고 알카는 갑자기 손뼉을 치더니 소리 높여 선언했습니다.

"그리하여! 제1회! 딴따라란! 기습 신체검사 타임!"

"네에?"

알카가 엉뚱한 목소리를 낸 마리를 벽으로 밀어붙였습니다. 체구에서는 상상할 수 없는 스피디하고도 파워풀한 행동에 저항할 도리가 없습니다.

충격으로 천장에서 먼지가 떨어지는 가운데 알카가 말했습니다.

"변명은 필요 없단다! 벽에 손을 대고서 무저항을 나타내려무나! 조금이라도 반항적인 태도를 보이면 펑이란다!"

"어디를 펑? 장소에 따라서 위험도가 다른데요! 펑은 그만둬요! 흐갸!"

"알았단다. 그러면 『찰싹』으로 해 주마."

그리고 벽에 짚은 양손에 무슨 룬 문자로 작업을 시작했습니다.

"찰싹이요? …………으갸아! 손이 벽에 달라붙었어!"

마리의 손바닥이 목조 벽에 빨려 들어간 것처럼 달라붙었습니다.

"음! 분자 수준에서 결합하지 않은 것만 해도 고맙게 생각하려무나."

"저기 『분자』라는 게 뭔데요? 가끔 뭔지 모를 단어 쓰니까 무서운데요!"

몸을 비틀면서 엉덩이로 말하는 모양새인 마리를 방치하고 알카는 자기 생각대로 행동했습니다.

"그러면 얼른 체크로구나! 우선 로이드가 아까 갈아입고 벗어둔 군복 바지부터 맛보도록 하겠소이다!"

"………… 저기, 이야기 흐름에 따르면 의심받고 있는 저를 신체검사하는 거 아닌가요?"

벽에 양손을 짚은 마리는 분명히 뭔가 굴욕을 당할 거라고 생각하며 전율하고 있었습니다. 하지만 상대가 알카잖아요. 그녀는 날카로운 표정으로 대답했습니다.

"그런 짓을 해서 뭐가 즐겁니!"

"이 로리 할망구가 잘라 말했어!"

결국 자신의 욕망에 따르는 거군요. 고잉 마이 웨이. 그것이 알카인 겁니다.

"쿵카쿵카란다! 로이드의 귀엽고 동그란 엉덩이를 감싸고 있던 부분도 사타구니에 살짜쿵 남아 있는 온기도 못 견디겠구나! ……웅?"

그때였습니다. 뭔가 부스럭거리는 소리를 깨달은 알카가 그 원인인 종이 한 장을 뒷주머니에서 꺼냈습니다.

"뭐 있어요?"

마리의 엉덩이가 질문하자 알카는 어두운 음성으로 대답했습니다.

"…………이것은 참."

"뭐, 뭐가 나왔는데요! 로, 로이드 군 바지에서!"

동요한 나머지 마리의 엉덩이가 위아래로 약동했습니다.

"대체 이것은, 어째서 이런 것을 참으로 소중하게 바지에 넣고 있는 것일꼬?"

알카는 마리의 눈앞에 종잇조각── 도넛 카페 커플 전용 무료권을 보여줬습니다.

"…………푸우."

커플 전용이란 글자를 읽고 코에서 공기를 흘리는 마리. 무료권이 흔들리는군요.

"품성이 의심스럽구나. 설마 소년의 뒷주머니에 커플 전용 무료권을 슬쩍 넣어놓고서 '어라, 무료권이네. 하지만 커플 전용이니까 같이 갈 상대도 없으니까 촌장이라도 불러볼까──.' 하고 고민하고 있을 때 '그럼 일일 커플이 돼서 같이 갈래?'라고 뻔뻔스레 지껄여서 로이드를 마녀의 독니에──."

"그럴 리가 없잖아요! 그 사고방식, 너무 나갔거든요! 그리고 중간에 촌장이라도 불러 볼까 하는 부분은 완전히 망상이잖아요!"

"입 다물거라! 판결! 길티! 저지먼트! 펑은 가엾다고 생각했지만 펑 형벌이란다!"

허공에 룬 문자를 천천히 새기면서, 움직이지 못하는 마리에게 무슨 저주를 걸기 시작했습니다.

"잠깐! 저는 모르는 일이에요! 그러니까 룬 문자 같은 거 쓰지 마요!"

"그러면 로이드가 어째서 이것을 주머니에 넣고 있었는지 설명할 수 있느냐?"

"…………아~."

"…………."

"나를…… 좋아한다거나." (발그레)

펑!

가벼운 파열음이 잡화점에 울렸습니다.

"다 됐어요. 담백한 닭고기 찜하고 피시 앤드 칩스입니다."

"오오, 기다렸단다! 쿠후! 맛있어 보이는구나!"

테이블에 커다란 접시와 덜어먹을 작은 접시를 놓은 로이드는 마리가 없는 것을 깨달았습니다.

"어라? 마리 씨는요?"

"응? 오오, 무슨 급한 용건이 있다고 어디 가 버렸단다."

"그, 그런가요…… 으응?"

로이드가 유감스러운 표정으로 시선을 아래로 내렸습니다. 그 앞에는 낯익은 검은 로브가 떨어져 있지 않겠어요? 가만 보니 속옷도 있습니다.

"마리 씨가 옷을 벗어 놓은 모양인데, 무슨 일일까요?"

"글쎄다? 아마 알몸이 필요한 급한 용건 아니겠느냐? 신경 쓸 것 없단다. 분명히 도시를 위해서 동분서주하고 있을 게야."

아무리 남을 위한 일이라고 해도 알몸으로 동분서주하고 있는 시점에서 제로를 넘어 마이너스인데요.

일단 납득한 로이드는 마리의 분량을 접시에 덜어 두더니 부엌으로 돌아가고자 했습니다.

그때 문득, 눈앞을 나비가 하늘하늘 날아갔습니다.

"나비다…… 안으로 들어와 버렸나? 밖으로 내보내 줘야지."

"아~. 로이드. 괜찮으니 내버려 두려무나…… 좀 있으면 원래대로 돌아올 테니."

로이드는 마지막 말의 의미를 몰라서 고개를 갸웃거렸지만, 알카가 호쾌하게 먹는 모습을 보고는 잊어버렸습니다.

그리고 만족한 알카는 얼른 옷장 안을 통해 마을로 돌아갔습니다.

남겨진 로이드는 뒷정리를 한 다음 방으로 돌아갔죠.

그리고 아무도 없는 심야의 잡화점. 아까부터 하늘하늘 날고 있던 나비가 빛을 내더니 인간── 마리의 모습이 되어 바닥에 낙하했습니다. 알몸으로.

"푸페라! 그 로리 할망구…… 갑자기 벌레로 만들다니……. 그나마 바퀴벌레 같은 게 아니라 다행이지."

바닥에 엎드린 채 원망의 말을 쏟아냈습니다. 알몸으로.

그때였습니다. 낙하하는 소리를 들은 로이드가 황급히 가게 안으로 들어왔습니다.

"마리 씨 어서 오세요! 급한 용건 끝났어요? 지금 밥을 다시 데울게요…… 어?"

갸륵한 로이드의 시선 끝에는 바닥에 낙하하여 엎드린 마리가 있었습니다. 알몸으로요.

"아, 로, 로이드 군……. 이건 사정이……."

"──────."

로이드는 정색한 표정을 유지하며 자기 방으로 돌아갔습니다. 누가 뭐래도 집주인이 알몸으로 바닥에 엎드려 있었으니까요……. 머리가 미처 처리하지 못할 때는 잠들어서 잊어버리는 게 최고죠.

"……."

몸도 평가도 추락한 마리는 바닥에 흩어진 옷을 주섬주섬 입더니, 울화통이 터져서 그 자리에서 드러누워 잤다고 합니다.

　당분간 왕녀로 돌아가지 않는 편이 좋을지도 모르겠어요. 숙녀적인 의미로.

사관학교의 응접실. 그곳은 땀내 나는 연습장이나 교편을 휙휙 휘두르는 강의실과 달리 엄숙한 공기가 떠도는 장소입니다.

설치된 소파는 마치 구름 위인가 싶을 정도로 부드럽게 몸을 감싸서 낮잠을 자기에는 최적이며. (리호 왈)

목제 테이블은 잘 자라서 마디가 적은 노송나무. 그 위에는 다과가 있고, 입이 녹아 버릴 정도로 부드러운 고품질의 맛있는 설탕 과자가 준비되어 있으며. (리호 왈)

더욱이 그림이나 항아리 같은 장식품은 차분한 색감의 앤티크. 팔아 치우면 그럭저럭 가격이 나간다고 합니다. (리호 왈)

──다음에 자물쇠라도 다는 게 좋지 않을까요?

그런 응접실은 주로 학교에 관련된 상거래 논의 등에 사용되는 곳이지만, 오늘은 좀 다른 분위기에 휩싸여 있었습니다.

아자미의 군복을 입은 몸집이 작은 여성, 콜린. 표정이 풍부한 그녀의 얼굴은 지금 험악한 분위기를 마구 풍기고 있었습니다.

또 한쪽, 맞은편 소파에는 고급 양복을 입은 여성── 롤 칼시페. 이쪽은 콜린과 달리 고상한 웃음을 지으며 차분한 분위기를 두르고 있었습니다.

그 양 옆에는 헌팅캡을 쓴 여자애와 무표정한 금발 여자애. 아는 사람은 아는 퀴논 자매였습니다.

"뭐 하러 온 기가? 롤."

콜린의 목소리는 날카롭습니다. 시선은 결코 롤에게서 벗어나지 않습니다.

"어째 단단히 미움을 받고 있네예. 오랜만에 옛 친구와 재회했는데. 개최국 사람에게 인사를 하는 게 예의가 아닌가예?"

롤은 콜린의 말에 물러서지 않고 즉답했습니다. 아무래도 학생 마술대회 때문에 인사를 하러 온 모양입니다……. 표면적으로는.

"네가 학생 대회 정도로 출장을 올 기란 생각이 안 든대이……. 이익이 없으면 안 움직이는 여자 아이가."

"싫어라. 로쿠죠 마술학원의 학원장으로서 이 대회에 전력으로 도전할 셈이라니까예……. 뭐, 출전하는 학생은 출석번호로 정했지만. 뭐 어차피 누가 나가든 아자미 따위한테 지지는 않겠지만예."

고상한 웃음을 무너뜨리지 않은 채, 입으로 독 발린 말을 하는 롤.

"……이 뱀 같은 여자."

마치 도자기 가면을 쓴 파충류. 콜린의 입에서 무심코 나온 비꼬는 말에도 표정 하나 바꾸지 않습니다.

"찔리시나 보지예? 뭐, 로쿠죠는 요즘 들어 조금 평판이 나쁘지만 뇌까지 근육인 아자미보다는 나으니까예."

검지로 양복 가슴에 달린 훈장 같은 것을 자연스럽게 튕겼습니다. 아마도 학원장이라는 증거인 모양이군요.

"그래, 남을 깎아내리고 교사를 농락한 끝에 니는 거기까지 올라갔다 그거가."

악연, 뭔가 속뜻이 있는 말에도 롤은 웃음을 무너뜨리지 않았습니다.

"남들 듣기 안 좋은 말은 안 했으면 좋겠네예. 괜히 꼬였다는 생각만 들어예…… 콜린."

"——그러니까 학생 시절에 친구가 없었던 거래이."

중얼. 그러나 잘 들리도록 말한 콜린의 한마디.

아무래도 이 한마디는 롤의 마음을 날카롭게 파헤친 모양입니다. 미소는 무너지지 않았지만, 관자놀이가 8비트를 새기고 있군요.

"회복 마법밖에 잘하는 게 없는 낙제생이 말은 잘하네예."

"하는 수 없대이. 그기 내 성질인 기라. 난 친구 잔뜩 있었다 아이가. 니랑 달라서."

두 사람 사이의 공간이 구불텅 왜곡됐습니다. 롤은 관자놀이를, 콜린은 입가를 씰룩거리고 있군요. 세션이라도 짜는 걸까요?

"그런 꼴이니 로쿠죠에서 실적 남기지 못하고 아자미로 도망친 거 아인가예."

"뭐가 실적이고! 교관에게 아부 떨었던 주제에! 그리고 도망친 거 아이거든! 친구가 불러서 아자미에 온 겁니대이! 어른이 되어서도 좋은 친구가 많아서 행복하대이! 아~ 행복하대이!"

콜린의 반론을 듣고서 롤도 결국은 한계를 맞은 모양입니다. 미소는 무너지지 않았지만 이번에는 무릎을 떨기 시작했습니다. 차가 넘치는데요.

상사가 열세인 것을 보더니, 부하인 퀴논 자매가 양 옆에서 재빨리 지원했습니다.

"에이에이, 롤. 그런 사실을 재확인했다고 너무 빡빡하게 그러지 마."

"……………인간 친구가 없으면…… 애완동물이라도 기르면?"

"너그들은 좀 입 다물라…… 일하는 중 아니가."

실례…… 지원이 아니라 포위 섬멸이네요.

그 촌극을 지켜본 다음, 콜린은 눈썹을 찌푸리며 테이블에 몸을 내밀었습니다.

"이제 그만 본론으로 들어가라. 내도 바쁜 몸인기다."

콜린이 신랄하게 말하자 롤은 품에서 뭔가 사진을 꺼냈습니다. 삼백안에 의수를 단 소녀. 갑자기 아는 사람 사진을 제시하자, 콜린이 한순간 동요했습니다.

롤은 그 거동은 놓치지 않고 즉시 말을 던졌습니다.

"이 여자 본 적 있지예? ……이름은 리호 플라빈."

롤이 어째서 리호를 찾는 걸까……? 이 여자가 하는 일 중에 제대로 된 것이 없다는 걸 아는 콜린은 말을 고르면서 질문했습니다.

"그걸 위해서 일부러 먼 길을 열심히 달려 아자미에 온 기가?"

"내는 니 이상으로 바쁘다……. 조사는 이미 끝났으예. 숨겨 봤자 도움이 안 되는 기라. 딱히 그냥 좀 불러 줬으면 할 뿐이라 아이가."

미소는 변하지 않지만, 롤의 눈에 어둠이 깃든 것을 느낀 콜린 은 어쩔까 생각했습니다.

3 대 1. 아무리 홈이라도 불리한 상황. 상대는 저 롤과 퀴논 자 매.

"……알긋다. 불러 주겠다. 다만 갸는 자주 땡땡이를 치니까 없으면 포기하래이."

롤의 속셈을 모르는 이상, 부르는 척하고 도망을 보내자. 콜린 은 그렇게 생각하고 움직였지만…… 타이밍 안 좋게도 사건이 일어났습니다.

"……윽."

필로의 몸이 움찔 반응했습니다. 축 늘어진 팔을 올리더니 임 전 태세로 들어갔습니다.

"어라…… 혹시……."

메나도 실눈 안쪽의 눈동자를 문 쪽으로 돌리고 경계했습니 다.

무슨 일이 일어났나 싶어 상태를 살피는 콜린과 롤 두 사람.

잠시 지나자, 문 너머에서 태평한 목소리가 다수 들렸습니다.

"──그래 그래, 땡땡이치는 데 제일 좋은 장소라니까. 게다 가 과자도 있어."

"──아니, 애당초 땡땡이치면 안 되죠."

"──로이드 님과 밀회하는 데 활용할 수 있다면······."

노크도 없이 문이 열렸고, 마치 자기 방에 들어오는 것처럼 리호가 모습을 드러냈습니다. 이어서 "안 된다니까요." 라면서 로이드가. 그 뒤로 찰싹······ 정말로 찰싹 로이드에게 몸을 밀착시키면서 셸렌이 나타났습니다.

"잠깐, 리호!"

"아차차, 먼저 온 손님이 있었네······. 운도 없네."

혼날 거라 생각하여 몸을 돌리려던 리호 앞에서, 롤이 천천히 일어섰습니다.

아까까지 짓고 있던 도자기 같은 웃음의 가면이 떨어지고 추악한 표정을 짓자, 고대하던 먹잇감을 발견한 뱀처럼 사악해졌습니다.

리호의 삼백안이 크게 떠졌습니다. 그리고 그녀는 미약하게 떨었습니다.

"··········롤."

롤은 뱃속에서부터 어두운 목소리를 내면서 리호 앞을 막아섰습니다.

"오랜만이네예, 리호. 건강해 보여서 다행이라예── 그 미스릴 의수도 무사한 것 같고."

공포인지 분노인지. 리호가 의수 손바닥에 꾹 힘을 주어 쥐었습니다.

"하, 나보다 이 의수가 소중한 거지. 당신은 여전하네."

리호의 허세를 다 꿰뚫어 봤는지, 롤은 코웃음을 쳤습니다.

"흥, 당연한 소릴 하노. 익숙해진 거 같아서 잘됐다."

그 옆에서 두 사람의 대화를 보고 있던 셀렌이 콜린에게 살짝 질문했습니다.

"콜린 대령님, 안하무중인 저 여자는 뭔가요?"

"아아, 내가 로쿠죠 왕국에 있을 때 동급생이었던 녀석이다. 롤 칼시페…… 걸핏하면 남을 깔보는 녀석이래이……. 마법보다 교사한테 아부 떠는 걸 잘하는 녀석이었제."

"과연, 정치가에 적합한 분이군요."

"저 녀석 때문에 몇 명이나 학교를 그만뒀다 아이가. 상대적으로 자기가 제일이 되기 위해서."

"그러고 보니 요즘 로쿠죠 마술학원의 평판이 별로 좋지 않다고 들었어요."

"부패한 기다. 저 녀석 탓에."

생각하는 바가 있는지, 시선을 멀리 보내는 콜린에게 셀렌은 해 줄 말이 없었습니다.

그 대화 옆에서 리호와 롤은 더욱이 험악한 대화를 이어갔습니다.

"자, 이야기를 길게 끄는 것도 그렇지예. 리호, 돌아온나."

"하! 누가 돌아가겠냐!"

"그 미스릴 의수의 사용법, 알고 있지 않나?"

"그래서 그렇지!"

롤은 리호에게 육박하더니, 귓가에 살짝 속삭였습니다.

"……고아원. 어찌 되든 상관없는 기가?"

그 찰나, 리호가 지금까지 들어본 적이 없을 정도로 절규를 외쳤습니다.

"장난하냐! 당신 뭘 할 셈인데!"

좋은 반응이라고 말하듯 싱글거리는 롤은 마무리를 지어야 한다는 듯 말을 이었습니다.

"글쎄……. 적어도 조금이라도 원조가 끊어지면 끝나 버릴지도 모른다. 네 용돈 정도의 자금 원조로는 사흘도 못 버티긋제."

"……자기가 자란 장소를 인질로 잡는 거냐!"

"과거는 과거. 소중한 것은 지금이라예."

"참 많이 변했구만……. 어이."

리호가 말을 내뱉었지만 롤은 놀라지 않았습니다.

"아아, 도망쳐도 소용 없으예. 또 체포장을 꾸며서 쫓아다녀주까?"

그리고 리호는 으득 이를 갈더니 입을 다물었습니다.

잠시 정적.

참을성이 바닥났는지, 롤은 어린애가 떼쓰는 걸 보는 것 같은 눈으로 탄식했습니다.

"하아……. 뭐 좋아예. 기한은 학생 마술대회 추첨회까지인 기라. 그날까지 아자미에 체재하니까……. 거기서 대답을 듣겠으예."

"……칫."

리호의 반응은 혀를 차는 것뿐.

© Nao Watanuki

"고아원, 잊지 말고…… 그럼. 일은 끝났으니, 둘 다 돌아가는 기라예."

마지막으로 뱀 같은 웃음을 보이고 롤은 그 자리를 벗어났습니다.

이어서 메나와 필로가 방을 나서려고 했지만…… 나갈 때 필로가 로이드 곁으로 살짝 다가갔습니다.

"…………그 대답…… 기다리고 있어요."

"어, 그 대답이라니."

숨결이 느껴질 정도의 거리에서 의미심장한 말을 하는 필로, 그리고 얼굴이 새빨개진 로이드.

"……당신은…… 뭔가요오오……."

그 광경을 묵묵히 보고 있을 셸렌이 아닙니다. 날카로운 눈빛으로 무표정한 필로를 노려보았습니다.

셸렌이 위압을 가하든지 말든지, 필로는 뚱한 표정 그대로 로이드만 볼 뿐입니다.

"…………계속, 기다릴 거야."

"필로 가자아. 사랑스러운 로이드 군은 다음에 또 보고."

로이드의 손을 꾹 쥔 필로는 아쉬운 기색으로 메나와 함께 응접실에서 물러갔습니다.

"잠깐! 로이드 님! 저 여자하고 무슨 일이 있었나요!"

"아뇨, 저도 뭐가 뭔지……."

이쪽도 벡터는 엉뚱하지만 험악한 상황입니다. 한편으로 리호는 홀로 몸을 작게 떨면서 우두커니 서 있었습니다.

"잠깐, 리호 괜안나?"

"……젠장."

콜린의 걱정도 리호에게는 들리지 않은 모양입니다.

그녀는 입술을 깨물면서 계속 자신의 왼팔을 바라보고 있었습니다.

미스릴 의수는, 창문에서 내리쬐는 빛을 받아서 어쩐지 슬프게 빛나고 있었습니다.

며칠 뒤 사관학교의 직원실. 강사진이 자기 일에 몰두하는 가운데, 콜린은 짜증을 내면서 명단과 눈싸움을 하고 있었습니다. 귀에 빨간 펜을 끼우면 경마를 하는 아저씨군요.

물론 콜린이 짜증을 내는 건 경마나 경륜 같은 것이 아니라, 학생 마술대회의 멤버 고르기에 고뇌하고 있기 때문입니다.

덧붙여서 며칠 전에 롤에게 받은 도발, 이것이 콜린의 짜증을 가속시켰습니다. 하다못해 나름대로 멤버를 갖춰 선전하고 싶어서 필사적인 겁니다.

"어째서 이렇게 다들 뇌까지 근육인 기가! 마법 너무 경시하는 거 아이가! 그리 생각 안 하나 크롬 씨!"

그 옆에서 어떤 종류의 깨달음을 얻은 표정의 크롬이 기계적으로 고개를 끄덕였습니다.

"응, 그렇군. 응, 그렇군."

"하아아……. 소질이 있어 보이는 리호는 절대로 안 나간다 카고, 셀렌은 로이드 군하고 함께가 아니면 안 된다 카고, 그렇다고 로이드 군을 쓸 수는…… 으그그."

"응, 그렇군. 응, 그렇군."

아침부터 지금 현재까지 같은 말을 반복하고 또 반복하니 건성으로 대답하는 것이 척수반사로 나오게 되었습니다. 크롬 씨, 무슨 존에 들어갔네요.

그럴 때였습니다. 직원실 문이 쾅 열렸습니다. 그리고 셀렌이 들어왔습니다. 그녀는 말없이 성큼성큼 콜린에게 걸어갔습니다. 그 귀기 서린 표정에 근처에 있던 강사가 "아, 죄송합니다." 라고 하면서 길을 양보할 정도였습니다.

"무, 무슨 일이지? 셀렌 헴아엔."

크롬이 놀라는 것도 개의치 않고, 셀렌은 콜린의 눈앞에 서더니 힘차게 목소리를 냈습니다.

"이것저것 설명을 해 주셨으면 해요."

"어? 뭐고? 뭔데?"

서슬 시퍼런 분위기에 콜린은 눈을 동그랗게 뜨고 놀랐습니다.

셀렌은 안면을 바싹 접근시키고 탁한 눈동자로 노려보았습니다.

"일단, 그 여자! 로이드 님과 사정이 있어 보이는 분위기였던 그 무례한 사람 건이랍니다! 대체 뭐죠? 누구 허가를 받고서 로이드 님의 손을 쥔 건지! 로이드 님과 어떤 관계인지! 어떻게 대답하실 거죠? 일단 무엇보다도 그것부터랍니다! 알고 있는 걸 모조리 가르쳐 주세요!"

"직원실에 쳐들어와서 하는 질문이 그기가!"

뭐, 셀렌의 기본적인 최우선 순위는 1위가 로이드, 커다란 차이로 2위가 산소, 수분, 식량이니까요.

이마를 짓누르면서 "셀렌이니 어쩔 수 없대이……." 하고 납득…… 아니 포기한 표정입니다.

"가는 이름난 용병 『퀴논 자매』의 여동생, 필로 퀴논이래이…… 분명히 잊혀진 고식(古式) 무술, 귀신 피리도의 유파를 이어받은 굉장한 실력의 무투가일다. 귀신 피리도의 전설은 알고 있나? 주먹 하나로 산을 부수고 발차기 한 번으로 바다를 갈랐다고 한대이."

"하, 그런 헛소리가 전해지는 3류 유파 같은 거야 바닥이 빤히 보인답니다. 그러면 로이드 님과 관계는……."

"아아, 로이드 군이랑 무슨 관계인지는 모른대이."

"그런가요? 로이드 님에게 물어봐도 잘 모르겠다고 피하기만 해서 막다른 길이었어요……. 뭐, 아마도 로이드 님을 이용하려고 몸으로 어떻게 해 보려는 소악당이겠죠."

그리고 셀렌은 눈에 빛을 되찾고 다른 이야기를 꺼냈습니다.

"그럼 다른 이야기를 해 보죠, 리호 씨 일은 뭔가 아는 거 없으신가요? 그 롤이란 여자와 동급생이었다고 하셨죠. 그 사람한테 물어봐도 대답을 안 해줘요."

"……그 일도 정말로 미안한데…… 내도 잘 모른대이."

"그러면, 그 롤 여사가 리호 씨를 눈독 들이는 이유는……."

"미안. 그게 정말 짐작도 안 간다. 본인 입으로 들어야지 않긋나?"

요전에 리호와 롤의 분위기는 그냥 아는 사이가 아닌 것 같았습니다. 범상치 않은 기척을 풍기고 있었으니까요.

크롬이 천천히 입을 열었습니다.

"그 녀석, 자기 과거는 거의 말하질 않으니까……. 미스릴 의수도 그렇고."

"하아…… 어서 평소 같은 리호 씨로 돌아와 줘야 할 텐데요."

뭐야? 결국 리호를 걱정해주는 거군. 교사 두 사람이 흐뭇하게 생각하고 있는데…… 셀렌이잖아요?

"누가 뭐래도 로이드 님이 그 여자를 신경 쓰고 계셔서 저를 전혀 봐주질 않아요! 이대로 꼬이게 되면 '제 몸을 마음대로 해도 되니까 기운 내세요.'라고 상냥한 로이드 님이 자신의 몸을 바쳐서 두 사람은 본의 아니게 바디 랭귀지르으으을! 나랑 바꿔요! 바꾸라고요! 아아, 그렇게 생각하고 보니 일거수일투족이 수상하게 보여요! 지금 당장 사랑의 감시자가 되어야겠어요! 실례합니다!"

꼬인 것은 대체 어느 쪽일까요? 말하고 싶은 것을 다 말한 사랑의 감시자는 복도로 뛰쳐나가 버렸습니다……. 체포되지 않기를 바라야죠.

그래서, 풀이 죽은 것을 자기 일처럼 걱정해 주는 본작의 주인공, 로이드의 머리는 리호 생각으로 가득했습니다.

학교에서 돌아가는 길, 멍하니 걷다가 기둥에 부딪혀 이마가 빨개진 채(기둥에는 금이 갔습니다) 이스트 사이드에 있는 잡화점으로 돌아왔습니다.

"다녀왔습니다."

낡은 문을 열고 앞을 보니, 로이드와 마찬가지로 머리를 감싸 쥔 마리가 있었습니다. 끙끙대며 뭔가 고민하는 모양입니다.

그녀가 고민하는 이유. 그것은 로이드 앞에서 거듭 소녀답지 않은 추태를 드러내 버렸기 때문입니다. 미움받지 않을까 싶어서 일도 손에 잡히지 않는 모양이군요.

"아…… 어서 와, 로이드 군."

물론 로이드는 그런 것 따위 전혀 신경 쓰지 않았습니다. 도시 사람들은 원래 이럴 거라는, 평소와 같은 마법의 말을 이용해 호의적으로 해석하고 있으니까요.

그리하여 로이드는 마리가 배가 고픈 거라고 생각하여, 평소처럼 웃음을 보였습니다.

"에헤헤, 오늘 저녁은 말이죠……. 학생 식당에서 남은 재료로 이래저래 어레인지해 보려고 해요. 완성될 때까지 기대해 주세요."

마리는 이 웃음에 껌뻑 죽었습니다. 나는 미움받지 않았구나. 재확인하고서 함박웃음을 지었습니다. 쉽네요.

"아, 응! 그럼 기대하고 있을게!"

"네, 테이블 닦아 놓고 식기도 준비해 주세요."

입장이 완전히 초등학생쯤 되는 어린이와 엄마의 관계가 되어 버렸네요. 당신들, 집주인과 하숙생 관계 아니었어요?

부엌에 들어가는 로이드의 등을 보고, 마리는 조금 전에 고민했던 일 따위 없었던 것처럼 콧노래를 불렀습니다. 고민이 사라진 이상, 이제 머릿속은 꽃밭입니다.

그리고 마리는 한 가지 사실을 떠올렸습니다.

(그러고 보니…… 그 바보 스승, 로리 할망구 알카가 자주 나타나질 않아! 이렇게 행복한 일이 또 있을까! 지금이 이래저래 찬스 아닐까?)

무슨 찬스인지는 제쳐 두고, 거듭되는 방탕에 마을 대표자들이 화가 나서 알카는 수확이 끝날 때까지 자주 올 수 없는 겁니다. 촌장인데 참 위엄이 없네요…….

아무것도 안 했는데 경찰이 근처에 있으면 좀 긴장될 때가 있잖아요? 마리가 언제나 그런 느낌이었습니다. 알카는 천리안에 순간이동, 룬 문자를 이용한 수많은 저주를 익히고 있으니까요. 그리고 공짜 밥을 먹으러 오는 등 수많은 만행을 저지르죠……. 이거, 하는 짓은 경찰이라기보다 도적 같은데요.

그리하여 마음이 편해진 마리. 로이드에게 가벼운 터치 정도는 오케이 아냐? 그렇게, 조금 살짝 군것질을 해도 혼나지 않잖아 같은 생각을 한 순간이었습니다.

"아, 맞다. 마리 씨. 상담하고 싶은 게 있는데요."

"우에!"

살짝 장난을 치려는 참인데 말을 걸다 보니 마리의 목소리가 무심코 갈라지고 말았습니다.

"아, 아뇨. 그렇게 놀랄 만한 상담은 아니에요. 사소한 일인데요."

로이드는 냄비 뚜껑을 열고 안을 저으면서 마리를 보았습니다.

"아, 응! 괜찮아! 어서 말해 보렴!"

익살스럽게 가슴을 내미는 마리를 보고 마음이 편해졌는지, 로이드는 그 상담을 밝혔습니다.

"사실은……. 지금 아는 사람이 고민 때문에 풀이 죽어 있는데요, 격려해 주려면 어떻게 해야 할까요?"

마리는 입을 다물어 버렸습니다. 그리고 뇌리에 어떤 가능성이 떠올랐습니다.

(어? 혹시, 나 말이야?)

분명히 미움받은 거 아닐까 하고 고민을 하거나 풀이 죽기도 했었지……. 혹시나 빙 둘러서 나를 격려해 주는 거야? 그렇게 생각한 마리는 확인하는 것처럼 질문했습니다.

"응? 그거 여자애야?"

"아, 네. 그래서 뭘 해주면 좋을까 몰라 난처해서요."

"―――――퍼~엉!"

"어? 왜 그러세요?"

망상이 폭발한 소리겠죠. 마리 안에서 의혹이 확신으로 바뀌고 풀이 죽었던 나를 위해 이것저것 해주는 로이드를 상상하면서 뇌에서 즙이 줄줄 새어 나오는 모양입니다.

"착한 아이래이! 참말로 착한 아이래이!"

그리고 어째선가 서방 사투리로 생각한 말을 꺼내 버리는 마리. 아차, 이럼 안 되지. 헛기침을 한 번 하고는 입가가 싱글거리려는 걸 필사적으로 억누르면서, 눈치 못 챈 척하며 질문에 대답했습니다.

"응~. 그렇네. 역시 무난하게 밥 먹으러 가자고 하는 건 어떨까?"

"밥이요?"

"그래 그래. 서로의 친목을 보다 깊게 다지기 위해서, 서로를 잘 알기 위해서. 이른바 데이트를 하는 거지."

"네, 데이트인가요?"

데이트란 말을 듣고서 얼굴을 붉히는 로이드. 그걸 보고 머릿속에서 대량의 마리가 귀여워! 하고 외치고 있었습니다.

"하지만 저 같은 약하고 시원찮은 남자가 신청을 해도 기쁘지 않을 것 같은데요."

"무슨 말이니! 당연히 기쁠 거야! 좀 과감하게! 손을 잡아서 끌고 갈 정도로 가자고 해 봐! 그런 걸 내——가 아니라, 여자애가 동경하는 거야!"

역설. 이거 자기한테 신청할 거라고 생각하니까 역설하는 거군요.

"그런가요? 알았어요! 마리 씨한테 상담하길 잘했어요! 정말 고맙습니다!"

고개를 숙이는 로이드, 마리도 자신을 배려해준 (망상) 로이드에게 고개를 숙였습니다.

"아냐, 나야말로."

"그러면 내일 당장에라도 리호 씨한테 데이트를 신청해 볼게요."

"─────무가?"

마리가 숙이고 있던 고개만 들어올려 로이드를 보았습니다. 자세가 참 징그럽네요.

로이드는 아무 일도 없었던 것처럼 냄비를 휘젓기 시작했습니다. 오늘은 아무래도 스튜인가 봐요. 크리미한 향이 떠도는군요.

"저기 로이드 군? 물어보고 싶은 게 있는데─."

"아아, 오늘은 스튜예요."

"아, 네── 그러니까 그게 아니라."

"음료수는 아이스티요."

"아, 네── 그러니까─."

아이스티를 얼음이 든 냉장고에서 꺼내 잔을 가져다 따르기 시작했습니다. 그리고 로이드는 부드러운 미소를 지으면서 혼잣말로 중얼거렸습니다.

"아아 상담하길 잘했어. 리호 씨가 요전부터 계속 어두운 표정이었으니까……. 물어봐도 가르쳐주질 않고 셀렌 씨도 손톱을 물어뜯으면서 무슨 저주 같은 말을 반복하고."

"…………."

마리는 힘이 빠지고 말았습니다. 섣부른 착각이었다는 사실을 깨달은 데다가, 더욱이 데이트를 밀어줘 버렸으니 무리도 아니죠.

"마리 씨 괜찮으세요? ……우왓."

그리고 마리는 깨작깨작깨작깨작 손톱을 깨물면서 자신의 생각이 얕았음을 후회했습니다.

"손톱 깨물기가 유행하는 걸까?"

로이드는 말을 걸기 어려운 아우라를 전개한 그녀를 보고 한 마디 흘리더니 스튜를 나눠 담기 시작했습니다.

"로이드 공, 제가 입원한 사이에 무슨 일이 있었습니까?"

다음 날, 사관학교 강의실.

알란이 안으로 들어오자마자 로이드 곁으로 다가갔습니다. 지난번 강의에서 온몸을 얻어맞아 회복 마법으로 치료를 못할 정도의 반생반사 상태로 병원에 실려갔었습니다. 의사가 말하기로는 「살아 있는 게 기적」이었다고 합니다.

그가 붕대를 감은 험상궂은 얼굴에 한 줄기 땀을 흘리며 불안스레 보는 시선 끝에는…….

"…………."

기분 안 좋아 보이는 리호가 있었습니다. 다만 단순히 짜증을 내고 있는 것이 아니라, 때때로 고개를 숙이고서 후회와 비슷한 불안스러운 기색을 보이고 있어서 대단히 말을 걸기 어렵습니다.

주변 학생들도 처음에는 '뭔가 마음에 안 드나 보네' 정도였지만 그것이 며칠 이어지며 지금에 이르렀으니 완전히 취급주의입니다.

"저도 좀 이유를 몰라서 난처해요……. 어떻게든 힘이 되어 주고 싶은데요."

로이드가 난처하다. 그 말을 들은 자칭 제자 알란이 거칠세 콧김을 뿜으며 가슴을 두드렸습니다.

"그것은! 난처하시다면 저한테 말씀을 하셔야죠! 불초 알란! 어엿하게 원인을 해명하고 오겠습니다!"

그런 알란을 말리는 여자애가 있었습니다.

"기다리세요. 섬세함 제로 인간!"

셀렌이 산뜻하게 등장해서 로이드 옆에 찰싹 자리했습니다.

"누가 섬세함 제로 인간이냐!"

"설마 잊었다고 말할 수는 없겠죠. 저를 저주받은 벨트 공주라고 그렇게 떠들어댄 데다가 더욱이 로이드 님의 스토커 취급! 덕분에 요전에 경찰들이 찾아와서 질문을 했어요."

"미안하지만 섬세함의 범주가 아니다. 네가 하는 일은 어엿한 체포 사항이야."

알란의 정론도 쇠귀에 뭐 읽기. 셀렌은 듣지 않고 자신만만하게 로이드 쪽을 돌아보며 역설하기 시작했습니다.

"그리하여 로이드 님! 이번 일은 저한테 맡겨주세요. 어엿하게 리호 씨를 기운 나도록 만들어 보이겠어요! 그리고 성공하게 되면 저를…… 구후후."

"아, 네. 잘은 모르겠지만 부탁할게요."

언질을 받은 셀렌이 리호가 앉아 있는 공간으로 향했습니다. 자신만만하네요.

"……뭔데? 셀렌 양."

"후후후, 리호 씨. 기운이 없는 모양이네요."

"……알고 있으면 저리 좀 가 주지?"

리호가 매정하게 반응했지만 셀렌은 전혀 물러서지 않았습니다. 품에서 산뜻하게 무언가 사진을 꺼내더니 리호 앞에 살짝 들이밀었습니다.

"그런 당신에게 아주 약간, 저의 비장의 컬렉션인 로이드 님의 사진을 보여주겠어요……. 정말로 장이 끊어지는 심정으로 보여주는 기랍니다. 기운이 확 나쇼?"

멀리서 보기에도 좀 살색이 많은 걸 알 수 있는 사진이었습니다. 그리고 어엿한 도촬의 증거로군요.

"……………………………………………… ."(휙)

잠시 뜸을 들이던 리호가 고개를 돌렸습니다.

"좋~아. 시간 다 됐다, 셀렌."

알란은 셀렌의 목덜미를 붙잡더니 훌쩍 들어 로이드 곁으로 데리고 왔습니다.

"이, 이의 있답니다! 상당히 오래 쳐다봤어요! 리호 씨! 감사 인사 한마디 정도는 있어야 마땅하지 않나요── 잠깐, 알란 씨!"

거대 도끼를 찬 거한이 불안한 기색의 로이드 앞에 셀렌을 두더니 벙긋 자신 있는 웃음을 지었습니다.

"자, 다음은 내 차례로군."

"이상하게 자신만만하네요. 당신이 여성의 마음을 알 거라고는 도저히 생각하기 어려운데요."

옷깃을 고치는 셀렌에게 알란은 쯧쯧 혀를 찼습니다.

"무르구나, 셀렌. 애당초 그게 잘못된 거다."

"잘못됐다니 뭐가 말인가요?"

로이드가 참지 못하고 물었습니다.

"잘 들어 보세요. 리호는 용병으로 악명 높은 녀석입니다. 가혹한 세계에서 밥벌이를 했으니……. 오히려 여자 취급을 안 하는 게 정답인 거죠. 성격도 거칠고 가슴도 전혀 없으니——."

"저, 저기."

로이드는 반응하기 곤란했습니다. 쓴웃음에 사람 좋은 느낌이 드러나네요.

"——그래서 남자들끼리 얘기하는 느낌이 베스트입니다. 그렇다면 간단하죠. 가볍게 개그를 한 방 먹여 주고 야한 얘기 같은 걸로 신나게 달리면 기운이 날 겁니다!"

알란이 단언하더니 의기양양하게 리호 곁으로 걸어갔습니다.

"여어, 여자 용병! 일단 내 개그 한 방——."

마지막까지 말하기도 전에 리호의 주먹이 알란의 안면에 작렬했습니다. 물론 미스릴 의수입니다.

"끄, 우오오오오! 기, 기껏 나아가던 상처가!"

이어서 리호의 발차기가 알란의 엉덩이에 스매시 히트했습니다. 홀인원이군요.

"오, 오와아……아아아."

덮치는 둔통. 알란이 그대로 엉덩이를 누르면서 퇴장했습니다.

"저래서는 당분간 돌아오지 않겠어요."

셀렌이 무시무시하게 냉정한 분석을 했습니다.

로이드는 걱정스러운 시선으로 알란의 등을 배웅한 다음, 결심을 하고서 리호에게 다가갔습니다.

"뭔데? 이번엔 로이드야?"

세 사람째가 되자 리호도 질색하는 표정입니다.

"네, 리호 씨. 저기 말이죠."

"아무리 로이드라도 말할 생각 없어. 이건 내 문제——."

손을 훌훌 흔들면서 돌아가라고 재촉하는 동작.

로이드는 겁먹지 않고 강의실에 울리는 커다란 목소리로 리호에게 말했습니다.

"저랑 데이트해요!"

"————뭐?"

리호가 얼빠진 목소리를 흘렸습니다. 그도 그럴 법하죠. 데이트 신청을 받은 거잖아요. 그것도 대낮에 당당하게, 사람들 앞에서.

교실 안이 술렁거렸습니다.

"야, 진짜냐?"

"로이드 군이 남자다워졌어."

"크아아!@##$%^"

……한 명은 사람의 말이 맞기는 한지 알 수 없는 말을 하고 있네요.

그런 술렁거림을 BGM 삼으면서도 로이드는 진지하게 리호를 바라보았습니다.

"──저, 기. 이유를 전혀 모르겠는데……."

어울리지 않게 얼굴이 새빨개진 리호의 손을 로이드가 덥석 쥐었습니다.

"자! 가요!"

"아, 아니 잠깐! 수업은!"

"그런 것보다 리호 씨가 중요해요!"

푸슉. 리호의 얼굴에서 증기가 흘러나오는 소리가 들렸습니다.

그리고 두 사람은 사우스 사이드의 카페에 들어왔습니다. 랜턴의 불빛이 가게 안을 채색하고 그 빛을 구리 식기가 반사하며 전체적으로 따스한 분위기를 풍기는, 무드가 있는 가게입니다.

"여기 맛있다고 소문이 났어요. 근데 좀처럼 올 기회가 없어서……. 아아, 돈이라면 신경 쓰지 마세요. 콜린 대령한테 무료 티켓을 받았으니까요."

"아, 응."

"사실 전부터 유명한 가게의 맛을 재현할 수 있지 않을까 몰래 계획하고 있었거든요. 마침 잘됐어요."

"아, 응."

아까 억지로 끌려 나와서 마음의 정리가 되지 않은 리호는 최소한의 말로 대답할 뿐이었습니다. 게다가 손도 계속 쥐고 있었으니까요. 그리고 로이드는 어색한 표정으로 그녀의 얼굴을 들여다 보았습니다.

"저기…… 죄송해요. 억지로 끌고 나와서."

"아, 아니, 괜찮아. 꽤 남자다운 구석이 있구나 해서 놀랐을 뿐이니까."

"아하하, 이래 봬도 남자니까요."

"그, 그렇네. 응. 남자였지."

"자, 주문해요! 여기 도넛이 맛있다고 들었어요. 점심이나 저녁보다 그걸 노리고 오는 손님으로 줄이 생길 정도래요."

로이드는 가게의 정보를 이야기했습니다. 그 가운데 도넛이라는 단어에 리호가 반응했습니다.

"……도넛."

"어라? 도넛 좋아하세요? 역시 여자애네요."

"아, 아니! 무슨 말을 하는 거야!"

"숨기지 않아도 돼요. 귀여운 부분이 있네요. 여자애다워요."

아까 들은 남자답다 발언을 갚아주려는 것처럼 웃음을 품고서 놀리는 로이드입니다. 그에 비해 리호는 과장되게 반응했습니다. 고개를 붕붕 옆으로 흔들면서 부정. 머리가 자고 일어난 것처럼 흐트러졌습니다.

"귀엽다고 하지 마! 나는 악명 높은 여자 용병이거든! 용병이니까…… 그래, 땀을 잘 흘려! 달콤한 것보다 짭짤한 게 좋아!"

리호가 폭포처럼 땀을 흘리고 있었습니다. 다만 아무리 봐도 부끄러운 나머지 동요하는 소녀의 모습이며 용병 요소는 지금 현재 그림자도 보이질 않네요.

"어? 정말로 괜찮아요? 도넛 굉장히 추천 상품인데요."

"시, 시끄러워! 용병은 두말하지 않는다! 이 가게에서 제일 짠 걸 부탁해라! 어서!"

"아, 네. 알았어요……. 죄송합니다! 도넛이랑……."

턱!

주문을 하고서 불과 몇 초 만에 리호 앞에 산더미처럼 쌓인 피클(하나가 통째로)이 준비되었습니다.

"본점에서 자랑하는 점장 수제 피클입니다. 그리고 도넛과 커피요."

흔들림 없이 놓인 접시에서 식초의 시큼한 향이 퍼져 나와 눈을 찌릅니다.

"…………."

"…………저기, 리호 씨. 이거면 되는 거예요?"

"…………오독! 오독오독오독오독! 아아! 오독오독! 최고다! 오도독오독오독오독, 우엑, 오독오독오독오독! 역시! 우걱우걱! 땀 흘렸으면 피클! 우엑! 라니까젠장!"

그녀는 중간중간 오열을 섞으면서 필사적으로 피클을 해치웠습니다. 눈물짓는 시선 끝에는 미안한 태도의 로이드. 더욱이 안쪽에서 점원이 수상쩍은 표정으로 소곤거리며 대화를 나눴습니다. 아마도 그녀가 다음에 가게에 오면 점원들 사이의 별명은 틀림없이 「피클 씨」겠죠.

"그러니까……. 죄송해요."

"왜 사과를 하는데! 아이 러브 피클! 포에버 피클이다!"

"저기 피클이 아니고 말이죠……. 이제부터 이래저래 대답하기 어려운 걸 물어볼지도 몰라서요."

"……하아."

"그, 그래도 걱정되거든요! 그 날부터 기운이 없어서! 저도 어떡하면 좋을지 몰라서, 그래서……."

"그래서 데이트란 말이지."

시큼한 한숨을 쉬면서 리호가 머리를 짓눌렀습니다.

"있잖아. 오해를 살 짓은 안 하는 게 좋아……. 좋아하지도 않는 녀석한테."

"네? 저는 리호 씨 좋아하는데요?"

"쿨럭!"

아무래도 피클이 코에 들어간 모양입니다. 당분간 식초 냄새가 가시질 않겠어요.

한바탕 사레가 들린 리호의 등을 로이드가 정성스레 쓸어주었습니다. 그 따스한 손길에 이래저래 생각하는 바가 있었겠죠. 그리고 피클 탓도 있겠죠. 울적한 표정을 지었습니다.

"……로이드, 그거 알아? 데이트라는 건 남자가 돈을 내는 거거든?"

"아, 네. 그건 어디서 들어봤어요. 요전에 셀렌 씨한테 빵을 사줬더니 '남자가 돈을 내는 것은 곧 어떤 의미로 데이트로군요.' 라고 했어요."

"행복한 여자구만."

평소와 같은 태도로 돌아오고 있는 리호는 사납게 웃음을 지으면서 로이드를 돌아보았습니다.

"뭐, 돈은 당연히 로이드가 낸다 치고. 나도 용병이야. 빚은 확실하게 청산을 해야지⋯⋯. 뭐 그렇게 됐으니까."

"?"

"하는 수 없으니까. 너한테만 얘기를 해 줄게⋯⋯. 내 신상에 대해서."

그 말을 들은 로이드가 "와아!" 하고 굉장히 명랑한 웃음을 지었습니다. 장난감 가게에서 뭐든지 사도 된다는 말을 들은 어린애처럼 함박웃음이었습니다.

"고, 고맙습니다!"

그리고, 그 대화를 멀리서 눈도 깜빡이지 않고 보고 있는 여성 한 명이 있었습니다. 힌트는 스토커입니다⋯⋯ 아아, 이거 힌트가 아니라 정답이네요.

"크아아! @##$%^"

셀렌입니다. 언어중추 복구가 아직 안 끝났나 보네요. 무슨 소리를 내면서 카페의 창을 메마른 눈으로 보고 있습니다. 그리고 주위에서 사람들이 기겁하며 보고 있습니다.

(저 여자 용병, 리호 플라비이이이인⋯⋯. 등을 쓸어 주는 걸 막 즐기고 있어어어어.)

물론 창 너머라서 목소리는 들리지 않습니다. 무슨 대화를 하고 있는지 궁금했던 그녀는 깊숙하고 조용히 카페에 잠입하기로 했습니다.

(조용하게 가야죠……. 로이드 님은 제가 아는 한 반경 100미터 정도부터 인물을 감지할 수 있으니까.)

매일 스토킹하느라 배양된 로이드의 탐색 범위를 머릿속에 집어넣은 셀렌이었습니다. 조만간 철창 신세를 지지 않을까요?

실로 당당한 포복 전진으로 거리를 좁히는 셀렌.

(괜찮답니다. 목소리만 내지 않으면 소란 속에 뒤섞여서 눈치 못 채요.)

"아아 아파라……. 피는 안 났지만 만약을 위해 약국에서 연고를 사야지."

그 앞으로 엉덩이를 쓰다듬으면서 알란이 걸어갔습니다. 운이 나쁘네요. 아무래도 아까 엉덩이를 차인 것 때문에 약을 사려고 일부러 멀리 사우스 사이드까지 온 거겠죠. 창피한 마음은 이해가 갑니다.

그런 가여운 그도 지금 셀렌에게는 그저 제거 대상입니다.

사사사사삭! (땅을 기는 소리)

"응? 뭐지? 바퀴──가 아니라 셀──."

쉬익! (레이피어가 엉덩이를 꿰뚫는 소리)

"끄오오── 우극!"

턱……. (빈틈을 놓치지 않고 손날로 목덜미를 때리는 소리)

"아홍……."

그리고 엉덩이에서 피를 흘리며 쓰러지는 알란을 거침없이 수풀 속에 던졌습니다. 이 시간이 약 5초.

(후우…… . 언젠가 필요해질 거라 생각해서 타격기를 습득해 둔 게 정답이었어요.)

사회적으로는 오답입니다.

코미컬에서 확 뒤집힌 카페 안입니다. 리호와 로이드는 시리어스한 표정입니다. 알란도 현재진행형으로 시리어스한 상황이지만 이참에 그냥 제쳐 둡시다.

"전에 이야기한 적이 있을 지도 모르겠는데. 나는 고아야. 전쟁 고아라는 거지."

"아, 네."

"운 좋게 플라빈 지방의 고아원에 들어가서 말야. 그때 그 롤 칼시페랑 만났어."

한숨 돌리고, 리호는 주저하면서 롤과 어떤 관계인지 고백했습니다.

"──그 사람은 내 언니 같은 셈이지."

"언니…… . 그 뱀 같은 여성이 말인가요?"

그 비유에 리호가 훗 웃었습니다.

"뱀……이라. 지금은 뱀 같은 여자지만 옛날에는 안 그랬어. 고아원에서 특히 마법에 재능이 있었거든. 로쿠죠 마술학원에 추천으로 입학했지. 고아원의 출세 필두…… . 그런 느낌으로 모두 동경했었어."

어쩐지 미련이 있는 말투의 리호. 로이드는 묵묵히 들었습니다.

"옛날에는 나한테 마법을 가르쳐 줬어. 가르치는 것도 잘해서 명문에 추천을 받았다고 존경했었지."

"그래서 마법을 잘 아는 거였군요."

"그 무렵 나는 전쟁 때문에 입은 화상으로 왼손이 생각대로 움식이질 않았거든. 고아원을 위해서 돈을 벌고 있는 모두가 부러웠어……. 그러던 어느 날 롤이 돌아왔지."

키잉—— 미스릴 의수를 손가락으로 튕겼습니다. 도자기처럼 늠름한 음색이 울렸습니다.

"——이 의수를 가지고서."

"그 의수…… 언니가."

"엄청 기뻤지. 동경하는 롤이 나를 위해서, 그리고 나도 고아원을 위해서 돈을 벌 수 있을 거라고."

그리고 차츰 리호의 목소리의 톤이 다운됐습니다.

"하지만 그 이유를 알자마자 나는 도망쳤어."

"도망……인가요? 어째서요?"

로이드에게 리호는 천천히 미스릴에 대해서 설명했습니다.

"미스릴이라는 건 인간의 마력을 빨아들여서 증폭하는 작용을 해. 단련하면 단련할수록, 몸에 익으면 익을수록 작용이 강해지지——. 막대기 같았던 내 왼팔에 뿌리를 내린 식물처럼, 지금도 마력을 빨아들이고 있어. 덕분에 자유롭게 움직일 수 있는 건데."

덜컥. 테이블 위에 미스릴로 만든 의수를 놓았습니다. 가게 안의 조명을 받아서 참으로 예쁘게 보였습니다.

어쩐지 모르게 만지려던 로이드, 리호는 의수를 삭 당겼습니다.

"아아, 맨손으로 안 만지는 편이 좋아. 표면을 만지기만 해도 마력을 빼앗겨 버리니까."

"……만지기만 해도, 말인가요……? 그러면 장비하고 있는 리호 씨는 훨씬……."

걱정하는 표정의 로이드에게 말없이 고개를 끄덕이고, 울적한 표정으로 리호는 본론에 들어갔습니다.

"롤이 나한테 의수를 단 이유는…… 이 의수로 마력을 증폭해서…… 그리고, 목숨과 맞바꿔 『성검』을 뽑기 위해서였어."

목숨이란 말을 들은 로이드의 표정이 흐려졌습니다.

리호는 로이드 눈앞에서 의수를 움직였습니다. 조금 전까지 예쁘게 보이던 그 의수도 목숨을 위협하는 물건이라고 하자 무시무시하게 보였습니다.

"그리고 성검…… 아자미의 북방 멀리 떨어진 숲에 있는데 말야. 그걸 뽑으려면 그에 상응하는 마력이 필요해……. 보통 사람은 불가능하다고 하지."

"그래서 미스릴을……."

"그래. 이걸로 죽을 만큼 마력을 증폭시켜서 뽑으려고 생각한 모양이야. 어쩌다가 고아들 중에서 마력이 높았던 나한테 눈독을 들인 롤은……."

말을 잃은 로이드. 카페의 소란만 자리에 울렸습니다.

"이유까지는 몰라⋯⋯⋯ 하지만 고아원을 인질로 삼으면서까지 나한테 성검을 뽑으라고 한 거잖아. 제대로 된 이유가 아니겠지."

"그랬었군요⋯⋯."

"──제일 동경하던 언니한테 죽으라는 말을 들은 거니까. 나는. 필사적으로 의수를 풀어보려고 했지만 뭘 해도 안 되더라. 이제 미스릴과 왼팔이 융합해 버려서⋯⋯. 손쓰기는 늦은 모양이야."

의수와 몸의 이음매를 살짝 로이드에게 보여줬습니다. 긁힌 상처 같은, 몇 번이고 풀어내려고 한 흔적이 괜히 침통하게 남아 있었습니다.

"그래서 도망쳤어. 그랬더니 롤이 죄를 꾸며내서 체포장 같은 걸 내 버리더라. 그래도 열심히 돈을 벌어서⋯⋯ 그리고 간신히 고아원에 은혜를 갚을 수 있을 정도가 됐지."

로이드는 리호가 돈에 집착하는 이유를 알고서 "그랬었구나." 혼잣말을 했습니다.

"아직 좀 미련이 있었어──. 아니, 지금도 아직 있어. 롤한테. 그래도⋯⋯ 그 녀석은 자기가 자란 고아원을 없앤다는 말까지 했어⋯⋯. 이제 아무도 믿을 수 없어."

그렇게 약한 소리를 하는 리호는 로이드가 처음 보는 표정이었습니다. 무심코 그녀의 의수를 쥐고 말았습니다.

당길 틈도 없었던 리호는 얼굴을 붉히며 동요했습니다.

"──앗, 어이. 내 말 못 들었어⋯⋯? 마력 빼앗긴다고──."

"괜찮아요⋯⋯. 그리고──."

로이드가 진지한 표정으로 의수를 쥐었습니다.

"──저는 절대 리호 씨를 배신하지 않아요."

"⋯⋯⋯⋯응."

잠시 지난 뒤, 리호가 열기를 띤 얼굴을 숙였습니다.

"아, 그래도 그냥 온정으로 편입하게 된 사관후보생이지만
요. 하지만 몇 년 뒤에는 반드시 도움이 되는 남자가 될 수 있도
록──."

꼬옥. 로이드가 쥐고 있던 의수가 상냥하게 손을 마주 쥐었습
니다. 그 눈앞에 있는 여자애는 부끄러움이 뒤섞인 미소를 지었
습니다.

"지금도 충분⋯⋯해. 고마워."

"아⋯⋯ 네!"

그런데, 러브러브틱한 분위기가 되어가고 있는 이 자리에 기
괴한 방문자가 나타났습니다.

"로이드 님 배신자아아아아아아아아아."

셀렌이 다이나믹하게 펑펑 울며 다른 테이블 아래에서 등장했
습니다. 은신의 대가인지 온몸에 먼지나 진흙이 묻어 있습니다.

"잠깐 셀렌 씨! 그 꼴은 뭔가요! 어디서 뭘 하다 왔어요!"

생활력이 주부의 영역까지 달한 로이드는 개구쟁이 아이가 있
는 엄마의 '너 어디서 뭐 하다 왔니!'란 뉘앙스로 셀렌에게 물
었습니다.

"신경 쓰이는 부분은 그쪽인가요오오오! 너무하답니다아아아! 그리고 리호 씨이이이이!"

그리고 조금 전까지 쥐고 있던 손을 아쉬운 기색으로 바라보던 리호는, 갑자기 말을 걸자 눈이 동그래졌습니다.

"헤아? 무슨 일인데, 셀렌 양! 언제부터 있었어!"

멍한 표정의 그녀 눈앞에 셀렌이 자신의 얼굴을 아주 바짝 접근시켰습니다. 미간에 주름이 잡혔군요.

"리호 씨."

"아, 네."

"당신도 충분히 배신자랍니다. 이것저것 있지만…… 이것저것 있지만! 어째서 의수에 대해서 더 빨리 얘기해주지 않았나요!"

로이드랑 좋은 분위기가 된 것을 탓할 거라고 생각했는데, 더욱 의표를 찔린 리호는 삼백안이 더욱 동그래졌습니다. 조금 전까지 타원이었다면 지금은 컴퍼스로 그린 것처럼 완전히 원입니다.

"드, 듣고 있었어……? 그, 그리고 내 걱정? 네가?"

"요컨대 목숨을 위협받고 있다는 것 아닌가요? 정중하게도 누명을 씌워서 지명수배까지 하는 악랄한 짓까지 하면서!"

"그, 그렇지."

다른 사람을 걱정하는 평소와 다른 셀렌을 보고 리호는 맥이 풀렸습니다.

"저도 요즘 스토커 혐의랍시고 누명을 쓸 뻔했기 때문에 그 기

© Nao Watanuki

분 충분히 이해가 돼요."

"이해받기 싫어라."

정정합니다. 평소의 셀렌은 건재했습니다.

"그리고, 좀처럼 친구가 생기지 않는 리호 씨는, 어린 시절부터 틀어박혀 있던 빈티지 외톨이인 제가 보기에는 후배 같은 사람."

"그런 선배 필요 없는데."

"하지만 안심하세요! 그런 후배를 상처 입히는 녀석은 저와 저의 로이드 님이 용서하지 않아요!"

"그렇구나. 상당히 상처받았어. 친구가 안 생긴다고 말한 부분에서."

"──어쨌거나, 당신이 없으면 학교생활이 시시해진답니다."

"……아아, 그러냐."

쑥스러운 기색의 리호 앞에서 로이드가 고개를 붕붕 옆으로 흔들었습니다.

"어쨌든! 리호 씨가 목숨과 맞바꿔서 성검을 뽑게 만들 수는 없어요! 절교장으로 후려쳐서 눈을 확 뒤집게 만들어 줘죠!"

"저도 미력하게나마 도울게요! 리호 씨의 목숨은 제가 지켜요!"

"……헤헤, 나쁘지 않은 제안이네."

손을 슥 내미는 리호. 세 사람은 웃으면서 그 손에 자기 손을 겹쳤습니다.

카페 안, 세 사람은 도원결의라도 하는 것처럼 선언했습니다.

「절대로 성검 같은 거 못 뽑게 한다」……라고.

그 화제 속의 성검을 얼마 전에 로이드가 가볍게 뽑아버린 것은, 당사자인 로이드 본인을 포함해서 아무도 알 수 없었습니다.

이스트 사이드의 가극 홀. 새빨간 카펫이 깔려 있고, 세공된 돌기둥에 선명한 스테인드글라스. 저 멀리 천장에는 천사의 그림이 그려져 있었습니다.

휴일에는 수많은 관광객이 찾아와서 가극이나 연극 같은 쇼를 보는 사람들로 붐비는 곳입니다. 물론 평일에도 건조물의 아름다움을 보러 오는 사람이 적지 않습니다.

아자미에서 1위를 다투는 인기 지역. 그런 홀을 전세 내서 학생 마술대회의 추첨회를 하고 있습니다. 개최국으로서 참 기합이 들어간 장소입니다만…….

"생각보다 흥행이 별로네요."

자국 사람들의 흥미 없음이 여실하게 드러나는군요. 보도진도 아자미보다 지오우나 로쿠죠 같은 타국 사람들이 기합을 넣어서 취재를 하고 있습니다.

"우와아…… 굉장히 예뻐요……."

"우후후, 로이드 님도 참 예쁘답니다."

가극 홀에 압도된 시골뜨기 로이드. 그리고 언제나 연애 폭주 기색인 셀렌은 평소와 다름없는 분위기였습니다.

"어딘가에 콜린 대령도 있겠죠……."

결국 출전 선수를 고르지 못하고 추첨회에 오고 만 콜린. 나라의 기합이 들어간 장소 선정에 압박을 느껴 위에 구멍이라도 뚫린 거 아닌가 몰라요.

"하는 수 없어요. 저희 목적은 어디까지나 그 롤이란 여자인걸요……. 저는 필로라는 도둑고양이지만요……."

그 옆에서 리호만 평소와 달리 진지한 표정으로 저 먼 곳을 바라보고 있었습니다.

로이드도 셀렌도 걱정스레 리호를 지켜보았습니다.

풋풋한 학생들이 잡담을 하고 있는 너머, 명백하게 학생과 다른 이채를 뿜어내는 3인조가 리호에게 시선을 쏟고 있었습니다.

고급 양복을 소화하는 뱀 같은 여자──롤은 싱글거리는 표정으로 다가왔습니다. 아무래도 시선을 깨달은 모양입니다. 옆에는 부하인 필로와 메나.

"이야아아. 다들 모였네예."

명랑하고, 징그러운 롤의 목소리. 리호는 어금니를 악물었습니다.

"롤……."

"뭐, 물어볼 것도 없겠지예…… 소중하고 소중한 고아원이니까."

새빨간 카펫의 홀 한가운데. 격투기의 링 중앙처럼 두 사람의 눈싸움이 시작됐습니다.

……한편 그 옆에서는 다른 시합이 시작됐습니다.

"……대답."

"저기, 필로 씨?"

진지한 눈길로 로이드의 손을 꼭 쥐는 필로, 얼굴이 새빨개진 로이드. 사정을 알지 못했다면 운명의 재회라고 생각해도 어쩔 수 없는 광경입니다.

당장에라도 이 자리에서 마운트를 잡으려는 필로의 자세에 위태로움을 느꼈는지, 셀렌이 삭 끼어들었습니다.

그녀는 콧김을 거칠게 뿜으며, 로이드를 대변하는 것처럼 큰 소리를 쳤습니다.

"몇 번이고 말했지만 로이드 님의 대답은 No랍니다! 상식적으로 생각하세요! 만난 지 며칠 된 남녀가 동거라니! 로이드 님은 언젠가 저와 살 생각이 가득하답니다!"

……죄송합니다. 대변하는 게 아니었어요. 자기 소망을 흘리고 있네요. 그리고 지금 누가 상식을 논하는 걸까요?

"……너는?"

"잘 물어봤어요! 저는 로이드 님의 아내랍니다! 미래의!"

셀렌의 소망을 들은 필로는 흥미 없다는 기색으로 다시 로이드 쪽을 돌아보았습니다. 눈에 보이지도 않는 속도로 손을 고쳐 쥐었습니다.

"……뭐든지 할래……. 강함의 비결……. 흥미 있어……. 부디……."

"제가 뭐든지 할 거랍니다! 뭐든지 하고요! 오히려 당하고 싶어요! 흥미도!"

이런 일그러진 삼각관계가 펼쳐지고 있었습니다. 본래의 목적이 어딘가로 날아가 버린 모양입니다.

"아아 이쪽은 신경 쓰지 마, 롤. 그쪽은 그쪽대로 계속해도 오케이야."

이것저것 말하고 싶은 리호와 롤이었지만 어쩔 수 없으니 다시 한번 악연의 대치로 돌아갔습니다. 전환이 중요한 겁니다.

"리호, 요리는커녕 사과 껍질도 못 깎던 너에게 의수를 준 건 누구죠?"

"성검을 손에 넣기 위해, 목숨을 도구로 쓸 셈이란 말을 듣고서…… 고맙다고 할 수는 없지……."

롤은 거창하게 고개를 옆으로 젓더니 설득하는 것처럼 상냥한 음색으로 말했습니다.

"어허, 죽는다고 정해진 건 아니라예. 리호의 마력, 소질을 간파하고 미스릴 의수를 달아준 기지. 기억 나나? 옛날에 너에게 마법을 가르쳐준 거……."

롤은 천천히 손을 내밀었습니다. 고아원에서 몇 번이고 잡았던 언니의 변함없는 손, 리호는 추억이 거듭되는 착각을 느꼈습니다.

출세해서 고아원을 위해 노력한다며 나갔던, 옛날의 롤 칼시페가 리호의 뇌리에 떠올랐습니다.

"…………언니."

그러나, 눈앞에 있는 것은 모습이 비슷할 뿐이지 뱀 같은 여자였습니다.

"──협력해 줄 수 없나? 『나』를 위해서."

리호의 추억이 그 한마디에 소리를 내며 무너졌습니다.

입가를 꾹 다문 다음, 리호는 토로하는 것처럼 천천히 말을 이었습니다.

"이봐, 롤……."

"뭐고? 리호. 새삼스레."

"나는 말야……. 사실은 죽어도 괜찮다고 생각했었어."

눈을 동그랗게 뜨는 롤, 리호가 말을 이었습니다.

"화상으로 한쪽 팔이 자유롭지 못했던 내가…… 고아원이나 롤에게 도움이 될 거라고 생각했지………… 동경하던 언니를 위해서라면……."

리호는 조금 고개를 숙이고, 앞머리로 시선을 가려서 표정이 보이지 않았습니다.

조금 떨고 있군요. 분노인지 슬픔인지. 옆에서 봐서는 잘 모르겠어요.

그런 것 따위 전혀 신경 안 쓰는 롤이 씨익 웃으며 말을 이었습니다.

"동경했었다면 여한이 없지 않나? 자아———."

짜아아아악!

홀이 조용해질 정도로 커다란 소리가 울렸습니다.

롤의 손을 리호가 떨쳐낸 겁니다.

빨개진 손바닥을 누르면서 험악한 눈으로 리호를 노려보는 롤.

"너……."

"옛날의 롤 칼시페라면 그랬지! 좋은 선생님이고! 좋은 언니

였고! 고아원을 위해서 노력을 아끼지 않는 그 롤 말야!"

"로쿠죠 마술학원의 학원장이고! 정부하고도 연줄이 있는 권력자인 내한테! 이런 짓을 해놓고 그냥——."

"얼마나 잘났건 간에 지금은 알맹이가 없고 욕심의 거죽만 남은 여자야! 뱀 같은 여자라고 했던 거 정정하겠어! 지금 너는 허물이야! 욕심의 거죽을 너무 잡아당겨서 지나치게 탈피한 뱀의 말로지!"

그 큰 소리에 주위의 시선이 모여들었습니다. 수많은 사람들이 보고 있는데도, 롤은 태도를 바꾸지 않고 분노에 가득 찬 표정으로 리호를 보았습니다.

"후회할 거라예……. 고아원이 어떻게 되든 좋다는 기가……."

리호는 그 악의에 가득 찬 시선에 겁먹지 않았습니다. 이제 완전히 마음을 먹은 모양이군요.

홀에서 대회 책임자로 보이는 인물이 규칙 설명을 시작하고 있지만 신경 쓰지도 않고, 귀 기울이지도 않고, 두 사람은 시선을 피하지 않고 대치했습니다.

"너 없이도, 고아원은 내가 유지할 거야……. 그저 한마디만 하겠어……. 당신한테서 도망쳐서, 그 곳에서 나는 좋은 동료를 만났어……. 그것만큼은 감사하고 있어."

"동료 같은 건 못 믿는 거라예."

이미 고아원 따위 롤의 머릿속에 없군. 리호는 결론을 내리고 결별의 눈길을 향했습니다.

"어쨌든 이걸로 연을 끊은 기라. 이제 옛날처럼 사이좋게는 못 지내긋네……. 리호.”

“그래, 못 지내지……. 롤.”

살의와 비슷한 시선을 정면으로 받아내는 리호, 겁먹지 않는 그녀를 보고 짜증 섞인 말을 던졌습니다.

“니는 내한테 한 번도 몬 이긴다……. 여태까지도, 앞으로도. 눈을 까뒤집고서 허둥대는 게 빤하다.”

“헛소리 마. 그 입에서 ‘으에’ 소리가 나오도록 해주지.”

“하, 그 ‘으에’는 고스란히 돌려줄 기라.”

사회자가 대회 설명을 하는 와중에 등을 돌린 롤은 추첨장에서 나가려고 했습니다.

그 찰나, 추첨장이 술렁거렸습니다. 사회자가 뭔가 서프라이즈를 고한 모양입니다. 설전을 반복하던 롤과 리호, 사랑싸움(웃음)을 반복하던 로이드 쪽도 무슨 일인가 싶어 사회자 쪽을 돌아보았습니다.

거기에는 어째 정장을 입은 크롬이 단상에 올라가 있지 않겠어요? 손에는 커다란 꾸러미를 소중하게 안고 있었습니다.

무슨 일인가 싶어 추첨장의 모두가 주시하는 가운데, 크롬은 뜸을 들이면서 그 꾸러미를 풀었습니다.

──꾸러미 안에서 나온 것은…… 간소한 구조의 고풍스러운 검이었습니다.

“──그리하여 이번에는 서프라이즈 상품으로! 우승자에게는! 남천 마을에서 최근에 뽑힌 전설의 성검을 증정합니다!”

"“으에에에에에에에에에에!”"

두 사람이 사이좋게 눈을 까뒤집었습니다.

가극 홀 옆의 복도. 아직도 술렁거림이 남아 있는 홀에서 조금 떨어진 곳. 일을 끝낸 표정의 크롬과 당혹한 콜린이 있었습니다.

"흐흠. 콜린, 어떠냐? 보도진도 뒤집어졌겠지. 서프라이즈 대성공이군."

네모진 얼굴로 장난을 성공시킨 어린애처럼 웃는 크롬.

그러나 콜린의 표정은 여전히 흐렸습니다.

"대회가 흥행하는 건 좋지만 말이대이…… 아직 출전 선수를 못 정했다 아이가…… 까딱하면 보도가 커진 만큼, 추태를 선보이면 크게 혼날 기다."

흥행하면 흥행하는 대로 힘든 모양입니다.

그런 두 사람을 발견한 리호가 뒤에서 성큼성큼 걸어 나타났습니다. 로이드와 셀렌도 함께군요.

"리호? 그렇지, 롤은 어찌 됐나——."

콜린의 질문을 화려하게 무시하고, 리호는 귀기 서린 표정으로 크롬의 멱살을 붙잡았습니다.

"우오! 무슨 일이냐? 리호……."

"설명해 주실까요."

"뭘 말이야—— 꾸엑!"

"일단 정좌해. 네모진 아저씨."

말대꾸를 용납하지 않는 리호의 압력에 한참 나이가 많은 크롬이 얌전히 정좌했습니다.

"……그러니까 어째서——."

"일단 사죄해."

거슬렀다간 위험하다. 크롬은 흔들림 없이 엎드려 빌었습니다.

"뭔지는 몰라도 죄송합니다."

크롬의 사죄를 받은 다음, 리호는 둑이 터진 것처럼 자신의 마음을 분풀이하듯 쏟아냈습니다.

"왜 성검이 뽑힌 거야! 어째서 더 빨리 말을 안 했어! 그러면 롤한테 겁먹거나 그러지 않고 멀쩡히 지냈을 거 아냐! 돌려줘! 내 불안에 떨지 않아도 됐던 나날을 돌려줘! 현금으로!"

소리치면서 현금을 요구하는 리호. 난처해진 콜린은 로이드와 셀렌에게 사정을 물었습니다.

"무슨 일이고? 그리고 리호랑 롤 일은 어찌 됐는데? 해결됐나?"

"저기, 사실은……."

로이드는 리호에게 들은 롤과 리호의 관계와 미스릴 의수에 대해서 콜린과 크롬에게 설명했습니다.

롤하고 학생 시절에 면식이 있었던 콜린은 그 여자라면 그럴 법하다면서 침통한 표정으로 로이드의 말에 잠시 귀를 기울인 다음 중얼거렸습니다.

"그랬던 기가. 그거 참 힘들었겠대이. 성검을 말이지⋯⋯. 분명히 서쪽 나라에 헌상해서 자기 입장을 반석에 올리기 위해서였을 기다."

롤의 인간성도 잘 아는 콜린은 납득한 느낌입니다. 한편——.

"으, 으음⋯⋯."

네. 그 옆에서 굉장히 복잡한 표정을 짓는 남자가 있습니다. 물론 크롬입니다.

그는 그런 사정이 얽힌 성검을 짧은 생각으로 상품 같은 것으로 삼아 버렸습니다. 죄책감이 장난 아닌가 본데요.

"크롬 대려어어엉⋯⋯. 대체 어째서 그 성검 가지고 있는데? 몇십 년이나 안 뽑혔던 그 전설의 물건, 그렇게 간단히 뽑을 수 있는 녀석 없잖아."

크롬은 말없이 손가락으로 가리켰습니다⋯⋯. 끙끙대고 있는 로이드를요.

"으~음. 하지만 저 성검, 요전에 쓰레기라고 생각해서 뽑아 버린 거랑 비슷한데⋯⋯. 그럴 리 없겠지."

"있었네, 그런 녀석."

엄청나게 납득이 가는 범인을 보고 그 자리의 모두가 힘이 빠졌습니다.

그리고 이야기가 어째서 성검을 뽑게 되었는가? 그것을 언급하는 흐름에 흘러가고 있을 때, 롤이 귀신 같은 형상으로 나타났습니다.

나긋나긋하던 여유는 어디 갔는지, 머리칼을 엉망으로 흐트러뜨리고 있어서 뱀이라기보다는 개구리 같네요.

"너 이놈, 리호! 모두 알고 있었나! 그리고 이 대회에 로쿠죠
마술학원이 힘을 쏟지 않은 걸 알고서 상품으로 삼다니 바보 취
급을!"

아무래도 그녀는 모두 미리 꾸민 계획으로 생각한 모양입니
다. 아까 사이좋게 "으에." 하고 외쳤던 사이인데…….

"후후후, 유감이지만 당신의 야망은 끝났어요. 얼른 그 필로
라는 여자랑 함께 어디 멀리 가버리세요! 대강 뽑은 멤버로 우
승할 정도로 대회는 만만하지 않답니다! 아니면 학생으로 돌아
가서 출전할 건가요? 그럴 리 없겠죠? 그러니까 얼른 필로라는
여자랑 함께 아자미 왕국에서 나가 주세요."

셀렌은 이때다 싶어 롤을 공격했습니다……. 본심은 필로를
쫓아내서 로이드에게 접근시키지 않고 싶다는 거지만요. 두 번
정도 필로에게 나가라고 했으니까요.

롤은 고개를 숙이고, 어깨를 늘어뜨렸습니다.

그러나―.

고개를 숙이고 있나 싶더라니 갑자기 어깨를 떨기 시작했습니
다.

"쿠후."

이어서 웃음소리. 그것도 속에서 기어 나오는 것처럼 기분 나
쁜 소리였습니다.

"마, 망가졌나? 롤."

콜린이라도 걱정이 되나 봅니다.

다음 순간, 송곳니가 다 드러날 정도로 입가를 일그러뜨린 롤이 가슴의 훈장…… 학원장의 증거를 뜯어내 바닥에 내팽개쳤습니다.

그리고 동공을 열고서 열심히 발로 짓밟았습니다. 주위에서 뭐라고 말을 걸 수도 없었습니다.

일그러진 장식. 한바탕 짓밟은 다음에 조용하게, 누구에게 말을 거는 것도 아닌 말을 이었습니다.

"성검만 있으면 되는 거라예……. 학원장의 자리 따위 필요 없어! 필요 없어! 이런 거!"

"저, 정말로 학원장 관두고 학생으로 돌아가는 기가? 이런 대회를 위해서?"

콜린의 말에 척수 반사, 노타임으로 대답합니다.

"당연하지! 성검! 성검! 성검이 있으면! 그걸 위해서라면 지위도 명예도 쓰레기나 마찬가지! ……후회하는 기라……. 나를 싸움터로 끌어낸 거. 저 퀴논 자매하고 참가할 기다……. 시합이라고 해도 죽일 생각으로 할 거라예……."

롤은 그대로 유귀처럼 걸어가더니 로이드 일행 앞에서 사라졌습니다.

그녀의 정체 모를 집착을 목격한 사람들은 말을 잃었습니다.

"……롤 녀석……. 어째서 그렇게까지 성검에 집착하는 기고?"

일그러진 훈장을 한 번 보고 콜린이 혼잣말을 했습니다.

그 옆에서 리호가 뭔가 결심한 것처럼 콜린을 보았습니다.

"나갈 거야, 대회."

"리, 리호? 그래 싫다더니만."

"……저 여자한테서 배운 마법이 싫었던 건데……. 우승해서 성검을 가지고 가면…… 지금의 롤이 뭔 일을 저지를지 모르니까."

리호의 눈에는 어쩐지 폭주한 언니를 막아야 한다는 마음이 깃들어 있었습니다. 그 의도를 깨달은 콜린이 천천히 고개를 세로로 저었습니다.

"좋대이! 오히려 대환영인기다!"

그 흐름을 타고서, 셀렌도 나섰습니다.

"저도 나가겠어요! 그 여자를 엉망으로 만들어서 우환을 끊어 주겠어요."

물론 그 여자란 필로입니다. 그리고 그녀가 생각하는 우환은 80% 정도 로이드와 필로의 관계에 대한 거겠죠.

"뭐, 그리고 리호 씨가 고민하는 표정도 질리도록 봤으니까요."

"……헷."

어허. 20% 부분이 드러났네요. 드문 일입니다.

두 사람 정해지고 한 사람 남았을 때, 이번에는 로이드가 천천히 손을 들었습니다.

"저기…… 저도 나갈게요."

"로이드……."

로이드는 볼을 긁적이면서 리호에게 마음을 전했습니다.

"제가 뭘 할 수 있을지 모르겠지만…… 리호 씨의 슬픈 표정은 보고 싶지 않으니까요."

부드러운 미소를 짓는 로이드, 리호의 볼이 살짝 물들었습니다.

"……고마워."

옆에서는 셀렌이 살짝 볼을 물들였습니다. 아, 손은 떨고 있네요. 이건 아무래도 분노와 질투인가 봅니다.

그 대화를 정좌하고서 듣고 있던 크롬이 천천히 콜린을 올려다보았습니다.

"……콜린, 괜찮겠나? 로이드 군은……."

"규칙 어긴 건 저쪽. 롤 칼시페 쪽이래이. 반칙에는 반칙으로 보복, 이것이 진정한 스포츠맨십이다."

산뜻함과는 동떨어진 사악한 웃음을 지으며 콜린이 말했습니다.

"……콜린……."

"크롬 씨, 하고 싶은 말은 알겠지만 사망자가 안 나오도록 조정할 수 있는 훈련을 할 테니 안심하래이."

콜린이 미안한 기색으로 말하자, 크롬은 비지땀을 흘리면서 대답했습니다.

"……이제 그만…… 일어서도 될까?"

꼬물거리면서 발바닥을 움찔거리는 크롬.

콜린은 함박웃음을 지으면서 그 발바닥을 밟아 버렸습니다.

"자아! 아자미 사관학교 팀 시동이래이! 기합을 넣고 트레이닝하는기다아!"

"""와~!"""

"끄아아아! 코, 콜린! 저린다고! 저린대도!"

크롬의 외침과 함께, 리호의 반격의 봉화가 지금 올라가고 있었습니다.

다음 날, 사관학교의 훈련실에서 진지한 표정의 콜린 대령과 크롬이 단상에 올라가 있었습니다.

훈련실…… 강의실과 비교하면 천장이 높고, 벽에는 몇 번이고 수선한 흔적이 있습니다. 선배들이 땀 흘린 그 방에는 독특한 분위기가 녹아들어 있었습니다.

그곳에 서 있는 어쩐지 후련한 기색의 리호. 그녀를 둘러싸듯 셀렌과 로이드…… 그들은 실로 군인다운 직립부동 자세로 훈련 시작을 기다리고 있었습니다.

"응, 역시 리호는 풀이 죽은 것보다 뻔뻔스러운 편이 어울린대이."

"고맙슴다……. 뭐 어쨌든 지금은 그 녀석들을 날려버리고 싶을 뿐이지만요."

"저도 미력하게나마 돕겠답니다!"

"저도…… 정말로 미력하겠지만요."

의욕을 보이는 세 사람을 보고 콜린의 콧김이 거칠어졌습니다.

"말 잘했대이! 아니 아니! 사실 사관학교의 교관이 된 뒤로 이렇게 마법에 열심인 녀석들은 처음인기다! 옛날부터 휴식시간이라고 생각하고 말이다. 기껏 이것저것 가르쳐도 '그거 때리는 편이 빠르지 않습까?' 라거나 '투석으로 충분' 이라고 하면…… 하핫."

콜린은 스스로 말하고서도 약간 눈물짓고 말았습니다. 메마른 웃음이 실습실에 울렸습니다.

"저기……저 열심히 노력할게요."

로이드의 상냥함에 콜린의 눈물샘이 붕괴했습니다. 그리고 콧물도 조금.

"훌쩍…… 좋아. 누나가 오늘은 힘을 낼 기다! ……크롬 군, 그것을 가지고 온나!"

"…………그래요 그래. 가져오겠습니다."

크롬이 준비실에서 허수아비와 닮은 더미를 몇 개 꺼내왔습니다. 입학시험 때 쓴 더미와 비슷하지만 강철을 두르고 있던 것과 달리 무슨 주술 부적을 두르고 있었습니다.

"결국 마법도 중요한 건 반복 연습이래이! 몇 번이고 써보고 전술 중 하나로 자연스럽게 조합할 수 있도록 머리에 새기는 기다!"

"그래서 마법 저항 아이템을 장비한 더미네요. 우와, 이거 비싸지 않아요?"

리호가 더미에 감겨 있는 주문이 적힌 천을 집어보면서 턱에 손을 대고 감정사처럼 말했습니다.

"지출이 꽤 뼈아팠대이……."

"낸 건 나다. 아픈 건 나라고."

성검을 상품으로 삼은 책임을 지라고 해서, 크롬이 비싼 마법용 더미를 몇 개나 사게 되었습니다.

반쯤 울상인 크롬에게 콜린은 새침한 표정을 지었습니다.

"내도 아프대이, 마음이."

분명 거짓말이라는 주위의 눈길을 가볍게 무시하고서, 콜린은 다갈색 머리칼을 훌훌 띄우며 들떠서 뭔가 용지를 나눠줬습니다.

"뭐, 어쨌든 기본적인 마법 일람표인 기다. 현재 마법은 크게 나누어 3종류 사용법이 있다. 리호 말해 보그라."

"말을 사용하는 『영창』, 그림 문자를 새기는 『문장』, 마지막으로 도구를 사용하는 『매개』죠."

우등생의 대답을 들은 교사처럼 만족하는 콜린입니다.

"그래. 퍼펙트으! 참고로 요전에 가르쳐 준 고대 룬 문자는 문장 마법이 되는 기다……. 그건 로이드 군이 잘 알지 않나?"

"아, 그랬었나요?"

"……이 애는 자기에 대해서 아무것도 모르는 기가?"

죄송스러운 기색으로 볼을 긁적이는 로이드를 감싸듯이 셀렌이 질문했습니다.

"로이드 님은 이른바 천재형인 거예요. 그것보다 구체적인 메리트와 디메리트를 가르쳐 주세요."

"셀렌, 좋은 질문이래이이이! 일단 『영창』! 가장 일반적인 녀석인 기다! 형성 문구를 읊고 발동 문구로 사용! 『어둠을 비추라 ── 라이트』 같은 기다. 간단한 건."

설명하면서 자연스럽게 조명 마법을 읊어 손바닥에 빛 덩어리를 띄우는 콜린. 처음으로 마법 교관다운 그 태도에 일동이 "오오." 감탄의 숨을 흘렸습니다.

"연습하면 이렇게 매끄럽게 할 수 있는 기다."

"멋있네요! 저도 영창 마법 배우고 싶어요!"

그런 로이드에게 "무르대이." 하고 말하며 손가락을 흔들고는 쯧쯧하는 콜린.

"하지만 이것의 세일 큰 문제는 숨이 찰 때나 말하지 못할 때 쓸 수 없다는 점인기다! 몬스터 몇 마리에 둘러싸여서 필사적으로 도망치고 있을 때 제대로 읊을 수가 없다는 일은 흔하고. 연기 때문에 기침을 하고 있어도 안 된다. 특히 꽃가루 알레르기 마법사는 봄철에는 영창 마법을 만족스레 못 쓰는 기다."

콜린이 만담처럼 "어라? 너 영창 마법 어쨌나?", "내 알레르기다." 라고 일인 연극을 했습니다.

어쩐지 길어질 것 같은 연극이길래, 그동안 리호가 문장에 대해서 설명했습니다.

"문장도 마찬가지야. 손가락을 다쳤으면 제대로 쓸 수가 없어. 그런 경험 없어? 로이드."

"아아, 있어요. 전신 복합 골절한 다음 날은 고대 룬 문자로 제대로 청소할 수가 없었거든요."

"⋯⋯⋯⋯아, 응. 전신 복합⋯⋯ 응? 하루면 낫는 거야?"

"죄송해요. 그 정도 시간이 걸려요. 제가 너무 나약해서⋯⋯ 보통은 한두 시간인데 말이죠."

뜬금없는 골절 이야기에 리호의 마음이 꺾였습니다. 그동안 콜린은 1인극을 끝낸 모양입니다.

"문장 이야기는 끝인가? 그러면 다음은 매개다. 까놓고 마석(魔石)이 있으면 누구나 쓸 수 있다. 거기 있는 네모진 아저씨라도."

"네모진은 빼자……."

크롬이 네모진 몸을 흔들면서 두꺼운 손가락으로 머리를 긁적였습니다. 그리고 자신의 체험담을 이야기했습니다.

"뭐, 분명히 나라도 쓸 수 있지. 하지만 아무래도 평범하게 쓰는 것보다 마력을 먹는지 몇 번 썼더니 권태감이 굉장했던 기억이 있다. 마석도 소모되기 때문에 코스트도 많이 소비되지."

뭐든지 그렇지만. 간편함의 뒤에는 돈이 들어가는 겁니다. 외식이나 택시처럼.

"으으음. 그러면 뭐가 제일 좋은 건가요?"

지당한 질문에 콜린과 리호가 동시에 대답했습니다.

""전부 쓴다.""

"에?"

로이드와 셀렌이 어안이 벙벙했습니다. 콜린이 설명하기 시작합니다.

"요컨대 전부 한꺼번에 쓰는 게 베스트래이! 영창하면서 문장을 매개로 새기면 말을 조금 생략해도, 손가락이 조금 어설퍼도 마력을 적게 쓰면서 매개를 쓸 수 있다는 기다."

"뭐, 전장에서는 임기응변이 중요하니까. 요컨대 밸런스다."

크롬이 몇 번이고 경험한 묵직한 말을 했습니다.

"자아! 기본적인 지식을 배웠으니 얼른 연습이대이! 셀렌, 잠깐 팔 내밀어 봐라."

셀렌의 투명한 피부 위에 붓으로 뭔가 기하학적인 그림을 그립니다.

"문장인가요?"

"그래, 참고서 같은 거래이. 옛날에 마술사의 이미지라 하면 문신이었던 것도 몸에 이것저것 마법 참고서를 새긴 기다. 자, 로이드 군도."

로이드의 팔에도 적은 콜린이 셀렌에게 사용법을 설명했습니다.

"따르는 순서는 그래, 그렇게 맞다……. 그리고 영창은 불태워라 같은 문구에 플레임이라고 하면 된대이."

"알겠어요."

숨을 고른 셀렌이 교실 구석에 놓인 더미를 향해서 천천히 영창을 시작했습니다.

"——불태워라! 플레임!"

펑! 경쾌한 소리와 함께 주먹 크기의 불덩이가 더미로 날아갔습니다.

더미에 맞은 직후, 불덩이는 불똥이 되어 사라져 버렸습니다.

"어머, 뜻밖에 간단하군요."

"셀렌 양, 소질 있는 거 아냐?"

보기 드물게 셀렌을 칭찬하는 리호. 그 직후에 송곳니를 드러내면서 웃더니, 말없이 불덩이를 뿜어냈습니다.

셀렌의 몇 배 이상 되는 불덩이가 더미에 몇 초 동안 붙어 있다가 조금씩 규모가 작아지더니, 이윽고 불똥이 되었습니다. 아무래도 문장술만으로 이 위력인가 보네요.

"과연 레지스트 부적이네요. 날아가질 않았어."

휘이. 콜린이 휘파람을 불었습니다.

"리호! 좀 한다 아이가!"

리호는 콜린을 향해서 한쪽 눈을 감았습니다. 그 옆에서는 셀렌이 뭔가 납득하지 못한 표정입니다.

"…………보기 드물게 칭찬을 했다 싶더라니 디딤돌이 되었어요! 콜린 대령님! 더 어려운 마법을 가르쳐 주세요!"

콜린이 당황하지 말라면서 셀렌을 달랬습니다.

"셀렌. 기본 마법이란 건 본인의 마력에 따라서 강하게도 약하게도 되는 기다. 플레임 애로우나 플레임 월 같은 응용은 다양하게 갈라지지만, 모두 같은 마법에서 파생된 거래이. 기초를 소홀히 하면 안 된다."

로이드가 곧장 질문했습니다.

"하지만 제가 아는 것 중에 터무니없는 불꽃 마법 같은 거 있는데요! 책에서 읽은 적 있어요! 그것도 기본을 연마하면 되는 건가요?"

"음. 상급 마법이군. 그리고 그건 이미 영창 같은 일반적인 마법에 들어가지 않는다."

대신 대답한 크롬의 말을 콜린이 보충했습니다.

"맞대이. 전부『소환』부류에 들어가는 기다. 인간의 그릇을 넘어서는 물의 대폭포, 사흘 밤낮으로 꺼지지 않는 불꽃, 마력을 봉인하는 얼음…… 상급 마법은 그것만으로 분류가 달라진 대이. 하루아침에는 못 익히는 기다."

"그리고 그런 마법에도 약점은 있다. 영창의 길이, 움직이지 못하는 등 틈이 생기지── 설령 이름난 용병이라도 마술학교의 학원장이라도."

승기는 충분히 있다. 크롬의 견해에 리호는 각오를 굳힌 표정으로 고개를 끄덕였습니다.

"그러니까 너희는 실전 경험이 남들보다 많은 상대의 마법을 피하고, 상대의 틈에 자기 마법을 때려 박으면 승기는 충분하고 남는 기다── 자아, 연습이래이!"

"""네에!"""

기합이 들어간 학생들의 대답을 듣고, 크롬도 비싼 지출에 납득한 모양입니다.

"모두 이렇게 연습해 준다면 교사로서 더 바랄 것이 없지……."

억지로 자신을 납득시키는 사람 있잖아요? 지금 크롬이 딱 그겁니다.

"부적도 꽤 오래 가니까……. 나는 좋은 걸 샀어……. 나는 좋은 걸 샀어……."

주문처럼 자신에게 말하는 크롬. 그 옆에서 로이드가 훌쩍 손을 들었습니다.

"아, 네! 그럼 이번에는 제가 할게요!"

로이드는 태평하게 말했습니다. 그에 반해 자리의 분위기가 한순간에 얼어붙었습니다.

　"‥‥‥‥‥‥‥‥‥‥꿀꺽."

　정적이 지배하는 훈련실.

　모든 면에서 초인적인 로이드입니다. 일동은 무슨 일이 일어나도 괜찮도록 피난 경로를 확인하고서 마른침을 삼키고는 지켜보았습니다.

　"그러니까 이렇게 해서‥‥‥. 불태워라—— 퓨레임!"

　어라? 긴장한 나머지 약간 혀가 꼬였나 보군요.

　"우후후, 로이드 님 귀엽답니다——."

　콰아.

　다음 순간, 더미가 한순간에 잿더미가 됐습니다. 불이나 불꽃이나 그런 종류가 아닌 무언가입니다. 자세히 보니까 직격하지 않은 바닥도 열로 일그러졌네요.

　아지랑이를 가만히 바라본 다음, 로이드는 죄송스러운 태도로 볼을 긁적였습니다.

　"앗, 죄송해요. 실패해 버렸네요. 이상한 불꽃밖에 안 나왔어요‥‥‥."

　"‥‥‥‥‥‥."

　분명히 실패했고, 혀가 꼬였습니다. 그런데 이 위력인 것을 보고 주위에서 말을 잃었습니다.

　"힘내‥‥‥."

　참고로 크롬이 한 이 말은 자신의 돈으로 구입한 더미가 한순간에 잿더미가 된 것에 대해 자신에게 해준 말입니다.

"아, 네! 힘내야죠! 다음은 잘할게요! 다음은———."

그래서 여러분, 결과만 보시죠.

불꽃 마법. 결과…… 더미가 잿더미가 된다.

벼락 마법. 결과…… 더미가 잿더미가 된다.

바람 마법. 결과…… 더미가 동강 난다.

얼음 마법. 결과…… 더미가 산산조각 난다.

크롬의 눈물. 프라이스리스(Priceless).

"그렇단 말이지……. 아이들을 위한 거라고 생각해서 말이지……. 저금을 절반이나 썼거든……."

아, 지금 크롬은 방의 구석에 웅크려 앉아서 벽의 얼룩과 대화하고 있습니다. 중증이네요.

보아하니 로이드의 마법은 아무리 봐도 인체에 사용하면 안 되는 극약 같은 무언가로군요. 대회가 아니라 해체 쇼가 될 거라고 쉽사리 상상할 수 있습니다.

어떡할까 싶어 말을 꺼내기 어려운 일동. 잠시 지나서 콜린이 천천히 입을 열었습니다.

"보자, 로이드 군은 분명히 바람 마법이 특기인 기다. 대회에서는 이걸로 가자."

"잠깐 기다려! 콜린 대령!"

고개를 갸웃거리는 로이드를 두고서 리호가 콜린을 방의 구석으로 끌고 갔습니다.

"잠깐! 옷깃 좀 끌지 말래이!"

"무슨 생각이에요! 전부 사람한테 쓰면 안 되는 거였는데!"

"분명히 그렇대이. 하지만 일단 바람 마법이 간신히 원형은 유지하지 않았나? 팔이나 머리."

데굴데굴 굴러다니는 바람 마법을 맞은 더미의 뒤통수를 가리켰습니다.

"산산조각이랑 댕강댕강의 차이는 오십보백보잖아!"

"그러니까 보통 사람한데는 안 쓴다! 그 롤이나 퀴논 자매용 비밀 병기래이! 그 녀석들과 싸울 때 말고는 로이드 군을 대장으로 두고서 절대 차례가 안 오도록 하는 기다!"

치트 능력 탓에 자주적으로 제한 플레이를 하게 됐네요.

"절대로 질 수 없는 싸움이 되었다……."

그런 제한 플레이를 요구받은 리호는 관자놀이를 짓눌렀습니다.

"여 봐라, 로이드 군. 네 마법은 좀 특수하니까 실전에서는 간단히 쓸 수가 없겠다. 풀 죽지 말래이."

로이드는 그렇겠죠 하고 자학적으로 웃었습니다. 그는 실전에서는 너무 약해서 쓸 수 없다고 착각했습니다.

반대로, 너무 위험해서 못 쓴다는 생각을 못 해요. 그 마을에서 쌓아 올린 낮디낮은 자기평가는 그리 간단히 뒤집히지 않는 모양입니다.

풀이 죽은 로이드를 보고 미안한 기색인 콜린. 그런 분위기를 견디지 못했는지 다른 화제를 꺼냈습니다.

"그, 그러니까…… 맞다! 그런데 리호는 연습 필요하나?"

"그거 말인데, 콜린 대령……."

이야기를 들은 리호가 엄격한 표정으로 콜린을 보았습니다.

"나한테…… 회복 마법 가르쳐 줄 수 없어?"

"응? 뭐 그야 좋지만. 대회에는 회복 마법 담당이 다 있대이."

"그게 아니야. 그리고 당일에 해줬으면 하는 게 있는데."

리호가 귓속말을 했습니다. 콜린이 그 내용을 듣고서 눈이 동그래졌습니다.

"윽! 그런 바보 같은 짓을 할 수 있겠나! 자살행위래이!"

"할 수 있잖아! 회복 마법의 익스퍼트라면! 나도 그 자리에서 응급처치가 가능하도록 회복 마법 훈련을 할 테니까."

고개를 깊숙하게 숙이는 리호, 처음 보여주는 그녀의 진지한 태도에 콜린이 당혹한 기색을 보였습니다.

"……알았대이……. 다만, 무모한 짓은 하면 안 되는 기다."

"그래……. 은혜 꼭 갚을게."

그래서, 리호의 비책이란 것은 대체 뭘까요?

"……그렇다니까. 아하하. 매일매일 참 힘들어."

그리고 벽의 얼룩과 이야기하는 크롬은 돌아올 수 있을까요?

대륙 학생 마술대회 개최일은 코앞까지 다가왔습니다.

대륙 학생 마술대회 당일. 뚫어질 듯한 파란 하늘이 보이는 아자미 왕국 다목적 콜로세움 『마리아 스타디움』. 현 국왕의 딸, 마리아 왕녀가 태어났을 때 기쁜 나머지 이름을 붙였다는 곳입니다.

사전 평판은 신통치 않았던 티켓 매상도 성검 덕분에 단숨에 주목도가 올라간 모양입니다. 경기장은 수많은 관객, 보도진으로 가득 차 있었습니다.

덧붙여서 로쿠죠 마술학원의 롤과 그 부하가 신분을 격하하면서까지 학생 대회에 나왔으니 화제성도 충분했습니다.

열기가 피어오르는 경기장. 콜린이 이끄는 사관학교의 선수들은 그 분위기에 제각각의 표정을 지었습니다.

"용케 이만큼 모였대이……. 하긴 학원장이 학생 대회에 나온다고 하니까 화제가 될 법도 한기다."

콜린이 경기장의 열기에 놀랐습니다.

"우와아……. 온통 사람이야……. 콘론 마을 사람들보다 더 많네요."

압도되어 엉거주춤하는 로이드.

"겁먹은 로이드 님도 귀엽답니다……."

열기 이상으로 열을 띠고 있는 셀렌……. 그녀만 평소와 마찬가지네요.

그 사람들의 중앙, 결심이 굳어진 표정으로 삼백안을 반짝거리고 있는 리호는 환성으로 반향되는 미스릴 의수를 붙잡고서 경기장의 입구를 노려보았습니다.

"와라……. 나는 안 져."

그 조용한 결심은 다음 순간 솟아오른 내도의 목소리에 시워졌습니다.

강권을 휘둘러 대회에 출전한 롤 일행이 나타난 겁니다. 세간에서 비겁자라고 부르는 것도 무리는 아니죠. 소년 야구대회에 프로가 나온 거나 마찬가지니까요.

그런 매도 따위 귓등으로 흘리면서, 롤은 오히려 기분 좋다는 표정으로 말을 걸었습니다.

"콜린. 건강한가예?"

"롤. 덕분에 건강하대이."

시선이 교차되면서 불꽃이 튀는 것처럼 대치합니다.

그 시리어스한 분위기를 쳐부수면서, 롤의 등 뒤에 있던 메나가 명랑하게 인사했습니다.

"안녕~? 요전에 롤이 한 말 때문에 이 나이 먹고서 학생이 돼버린 메나입니다이."

"……꽤 밝구만."

적이지만 연민을 느낀 리호였지만, 그 명랑함에 조금 놀랐습니다.

"뭐 일시적인 거니까. 그러니까 얼른얼른 우승해서 아자미의 학생 할인 시설을 만끽할 셈이야."

자연스럽게 우승한다고 선언했으니 리호가 울컥했습니다.

"……헤에, 자신 있나 보네."

메나의 실눈 안쪽이 반짝였습니다.

"보아하니 너는 마법 특기인 것처럼 보이는데 3 대 3의 팀 배틀이거든……. 나머지 두 사람은 육탄전은 강해 보이지만 마법 대회란 말이지……. 이래저래 사정이 있을지도 모르지만 일인데 어쩌겠어. 지더라도 원망하지 마."

완전히 이긴 걸로 생각하는 메나의 말에, 리호의 핏대가 움찔 움직였습니다.

"앙, 그쪽도 뇌까지 근육인 무도가가 있잖아."

그 무도가, 필로는 주위에 눈길도 주지 않고 로이드 일직선입니다. 뚱한 표정으로 쑥쑥 다가가네요.

"…………이제 그만 대답……."

거의 태클, 혹은…… 역시 태클이네요——처럼 필로가 맹렬하게 돌진했습니다.

그 움직임을 간파한 셀렌이 민첩한 움직임으로 사이에 끼어들었습니다. 필로는 급브레이크.

"후, 이미 간파하고 있답니다……. 이 도둑고양이."

"……필로다. ……도둑고양이 아니야."

"어머나~. 정중하셔라. 셀렌 헴아엔이랍니다. 감출 것도 없죠. 제가 바로 로이드 님의 연인이——."

"우에! 네가 저주받은 벨트 공주냐!"

메나가 놀라서 외치자 출전 선수들이 웅성거렸습니다.

"그래요, 그건 옛날 일! 지금은 로이드 님의 연인이——."

"과연, 소문에 저주받은 벨트는 모든 악의 있는 공격에서 몸을 지키는 아티팩트로 승화됐다고 언뜻 들었는데……. 분명히 무기 규제는 매직 아이템 계통으로 한정되지만 방어구 규제는 없었지. ……꽤 성가시겠는데에."

제일 말하고 싶은 부분을 잘라먹자, 셀렌은 불만을 전개하며 입을 삐죽거렸습니다.

"뭐, 자신을 가지는 이유는 그것뿐이 아이다만."

가슴을 펴는 콜린. 그러나 롤은 여유로운 표정입니다.

"하지만 아무리 봐도 머릿수를 맞추기 위한 소년까지 데리고 와서는 스트레이트로 승리를 노리나. 가여울 정도로 인재 부족이라예……."

나약한 태도의 로이드를 보고 롤이 도발했습니다.

"우, 우으."

그 웃음소리에 풀이 죽는 로이드. 그러나——.

"""흐~응."""

나머지 세 명은 달관한 시선이었습니다.

"——정곡을 찔려서 그것밖에 말 못한다……. 가엾네예."

"응, 뭐 그런 걸로 해 두자."

비장의 카드를 넘어서서 그 이상…… 가위바위보로 따지면 셋 다 합친 수준의 존재란 것을 롤이 깨달을 리 없었습니다.

"……응."

로이드의 힘을 알고 있는 필로는 롤의 소매를 잡아당겼습니다. 아마도 조심하라는 의미겠죠.

"괜찮아예, 아무리 편해도 보수는 안 변하니까."

지금 롤은 진실을 알 리가 없었습니다.

그럼, 시합 개시 가까운 시간.

성검이 뽑혀 있었습니다&우승 상품이 됐습니다. 이런 너무나도 충격 전개였던 지난번 추첨회에서 대진표 확인하는 걸 완전히 잊고 있던 콜린 일행. 황급히 대회 개요와 토너먼트 표를 다시 보았습니다.

"그러니까 세 명 팀으로 기본은 일대일 대전 형식. 사용 가능한 공격은 마법과 지팡이 등의 매개나 마석 등의 매직 아이템…….."

"그러나 방어구는 무엇을 장비해도 된다, 라. 레지스트 부적도 지급되는 모양이랍니다."

"일단 너무 크게 다치지 않도록 해야 되니까, 회복 부대가 있다지만 장비가 필요한 기다."

콜린의 말을 들은 로이드는 가슴을 쓸어 내렸습니다.

"다행이다, 크게 다치면 어쩌나 무서웠어요."

대체 무슨 말을 하는 건지 싶은 시선의 세 사람. 보통 레지스트 부적 따위는 잿더미로 만드는 로이드가 하는 말에 기겁해서 아무 말도 못하는군요.

"그래서, 로쿠죠 팀하고는 언제 싸우는 건가요?"

콜린이 토너먼트 표를 읽어 나갔습니다.

"토너먼트 표를 보면 정반대, 결승까지 기다려야 된대이."

"어이, 그 롤이 이끄는 로쿠죠 마술학원 팀 시합을 금방 볼 수 있겠는데."

사회자가 호출하자, 서쪽 로쿠죠 마술학원이 돌바닥으로 된 스테이지에 올랐습니다. 그 찰나, 야유가 그녀들을 둘러쌌습니다……. 뭐 그 야유의 창날은 모두 롤을 향하고 있었지만요.

상품을 노리고 학원장이 스스로 출전, 그야 관객들이 보기에 이렇게 알기 쉬운 악역이 없으니까요.

매도를 받은 롤은 평소처럼 꾸며낸 표정은 일절 없이, 뱀처럼 날카로운 시선을 기특하게 목소리가 나는 쪽에 일일이 돌리며 노려보았습니다.

"시끄럽다아! 닥쳐! 이기면 되는 기라!"

그리고 관객을 한가득 매도했습니다. 악역 여자 프로레슬러의 기본 전략을 이해하고 있군요.

그 옆의 퀴논 자매는 여전한 표정입니다. 메나는 여전히 태평하고, 필로는 뚱한 표정으로 서 있었습니다.

"그래서 상대는……."

그리고 다음 순간, 옆 대기석에서 중후한 갑주를 입은 기사가 천천히 링으로 향했습니다. 범상치 않은 아우라에 경기장이 술렁거렸습니다.

"뭔가요? 마법하고는 인연이 없어 보이는 저 갑옷 기사는?"

"템플나이트…… 아자미 사원학원 녀석들이군."

"템플나이트란 건 뭔가요?"

로이드의 소박한 의문에 콜린이 "좋~은 질문이래이."라며 대답했습니다.

"사원의 기사, 마법과 싸우는 방법을 숙지한 『마법 범죄에 대한 비장의 카드』래이. 우리 사관학교도 때때로 템플나이트를 강사로 부른 적이 있다."

"원래는 검을 장비하고 있지만, 이번에는 마석이 달린 석장이네……. 그건 그렇고 얼굴까지 완전히 풀 플레이트 투구를 쓰고 있어. 제대론데."

리호의 말이 들렸는지, 옆자리에 있는 사원학원의 고문으로 보이는 사람이 묵직한 어조로 말했습니다.

"사관학교 생도여, 당연하지 않겠느냐. 저자들이 이번 대회에 보이는 의욕은 보통이 아니니까."

"어째서인가요?"

고문이 열기를 담은 목소리로 말했습니다. 팔짱을 낀 손가락에도 힘이 들어갔네요.

"저자들은…… 성검 일로 한층 주목을 모은 이 대회에서 좋은 성적을 남기고──'인기를 얻고 싶다'며 눈물을 머금고 말했다."

"…………아, 예."

"얼굴이 아닌! 장래성을 봐야 한다! 따라서 풀 플레이트의 제대로 된 장비! 남자는 얼굴이 다가 아니다!"

가만 보니 그 고문인 분도 약간 동물원의 동물에 한쪽 발을 들인 풍모였습니다. 그리고 체취도…… 동물원이었습니다.

보충하자면 템플나이트는 밤낮으로 전신 장비를 입고 땀범벅이 돼서 훈련을 하는 게 기본입니다. 체취는…… 아시죠?

그 열변에 질색하는 여성진, 시선을 스테이지 위의 템플나이트들에게 돌리자…….

"……여자다."

"야, 뭔가 좀 말해 봐."

"멍청아. 너부터 인사 좀 해 봐."

"……나더러 죽으란 소리냐?"

어쩐지 눈길을 돌리고 싶은 광경입니다. 보고 있는 이쪽이 안쓰러울 지경이군요.

그 인기 없는 남자들 앞에 무표정하지만 모델 체형의 미인이라고 해도 지장이 없는 필로가 다가갔습니다.

"……잘 부탁해."

"""아, 네."""

언뜻 보기에 쿨 뷰티인 필로에게 템플나이트들은 살살 녹았습니다. 그리고…….

"……저 아가씨는 내가."

"무슨 소리냐?"

"멍청아. 내가 갈 거다."

"……죽어라."

앞다투어 상대하겠다고 말합니다. 이 팀은 미팅에서 실패하는 타입이군요.

철커덕철커덕 갑주 소리를 내면서 전력으로 가위바위보를 시작하는 템플나이트들, 그리고 순서가 정해지자 그제야 시합이 시작됩니다.

"그러면 제1시합! 로쿠죠 마술학원 대 아자미 사원학원! 선봉전 시작!"

심판의 기세 좋은 개시 신호와 함께 갑주의 기사가 맹렬한 스피드로 돌진했습니다.

"누오오오오! 싸워서 멋진 모습을 보여주는 거다아아아아! 인기를 얻고 싶다아아아!"

석장의 끝에 달린 마석이 빛나며 불꽃을 둘렀습니다.

그것을 돌진의 기세에 실어서──── 찌른다.

"……응."

그에 비해서 필로, 중량감이 넘치는 돌진 앞에서 낯빛 하나 바꾸지 않았습니다.

민첩하게 반신만 비틀더니, 그녀는 불과 한순간에 석장을 가볍게 당겼습니다.

템플나이트는 솜처럼 하늘을 헤엄쳐서, 등으로 낙하.

"크하악!"

폐 안에 있는 걸 모두 내놓은 것 같은 소리를 냈습니다.

전신 중장비를 입고서 등으로 떨어졌습니다. 헤아릴 수 없는 충격이 온몸을 덮쳤을 텐데 템플나이트는 겁먹지 않았습니다.

"좋은 기술이다아아!"

상대에게 찬사를 보내면서 금방 일어서고자 했습니다.

그런 그를 짙은 그림자가 뒤덮었습니다.

템플나이트가 의심스러운 시선을 보낸 곳에는.

"⋯⋯응."

뭔가 찾아 품을 뒤지는 필로가 있었습니다.

날아가 버린 저 거리를 순식간에 좁혔습니다.

그 민첩한 움직임에 템플나이트도 관객도 전율을 느꼈을 정도입니다.

"우으."

이제야 일어선 그 앞에서, 필로가 적동색 돌을 겨누었습니다.

『마석』이다.

그렇게 판단한 템플나이트가 반사적으로 왼손에 장착한 버클러를 눈앞에 들었습니다.

불인가, 물인가, 벼락인가, 아니면 폭렬인가.

뭐든지간에 일격이라면 견뎌낼 수 있다.

템플나이트의 긍지를 작은 방패에 담아 그 뒷면에서 필로를 들여다보았습니다.

"⋯⋯⋯⋯응."

가벼운 목소리.

그 찰나, 템플나이트의 눈앞이 굉음과 함께 터졌습니다.

"마, 마석으로 직접 때렸어!"

리호의 절규에 가까운 목소리. 뒤늦게 경기장이 술렁거렸습니다.

날아간 템플나이트, 투구와 갑옷도 대파되어 반라가 된 그는 개구리처럼 드러누워 사지를 드러내고 있었습니다.

……그리고 안면도 개구리였다는 것을 일단 덧붙여 두겠습니다.

"이, 인기를 얻고 싶어……."

음, 당분간 힘들겠네요.

그 자리에 태연하게 서 있는 필로.

아직도 연기가 피어오르는 손바닥에 마석 조각이 박혀 있었습니다.

그것을 넘어져서 까진 상처처럼 보더니, 금세 흥미를 잃은 것처럼 눈앞의 템플나이트에게 다가가고자 했습니다.

"스, 승자! 필로 퀴논! 그리고 얼른 들것을 가져와!"

심판이 위험을 감지했는지 끼어들어서 승리자 선언을 했습니다.

"…………끝이야?"

필로는 그것만 말하더니 스테이지를 내려와서 언니인 메나 곁으로 돌아왔습니다.

감정을 일절 보이지 않는 그 태도, 자기 상처를 돌보지 않는 그 전법을 보고 콜린이 전율했습니다.

"엉망진창이래이……. 폭탄으로 때리는 거나 마찬가지인기다. 그리고 한 번에 마석 하나 소비하는 건 가격 대 성능비가 최악이래이."

자금력으로 이룬 기술, 아마도 롤 칼시페의 사재일 거라고 짐작한 사람들 사이에서 동요가 이어졌습니다.

그렇게까지 진심인가……?

기이한 분위기.

그런 가운데, 차봉전이 시작되려고 하고 있었습니다.

표표로운 메나는 조금도 동요도 보이지 않고, 스커트를 펄럭이며 스테이지 위에 섰습니다.

맞은편에는 조용한 템플나이트의 차봉.

"…………인기를 얻고 싶어."

"아~ 그래그래. 여기는 그런 가게 아니거든요."

말수가 적은 템플나이트. 그에 비해 말이 많은 메나.

때를 봐서 심판이 신호를 보냈습니다.

아까와 달리, 이번에는 돌진하지 않는 템플나이트.

방금 처참한 현장을 봤기 때문일 겁니다, 신중하게 상대가 어떻게 나오는지 살피고 있군요.

"…………어떻게 나올 거지?"

"미안해……. 내 동생이 규격을 벗어난 것뿐이야. 나는 제대로 된 마법사다."

문장에 따른 술식 전개. 다음 순간, 메나의 손에서 물 덩어리가 나와 템플나이트를 향해 날아갔습니다.

"──워터 볼이야!"

"……이거, ……학교 수업에서 했던 거다."

통신교육 만화에서 자주 볼 수 있는 대사를 한 템플나이트가 손등에 붙인 버클러로 베는 것처럼 물 덩어리를 튕겨냈습니다.

정확하고, 그리고 민첩하게 문장을 그려서 사용한 마법.

템플나이트는 확신했습니다. 정말로 제대로 된 마법사구나.

걱정이 기우로 끝난 그는 단숨에 다가섰습니다.

그러나 메나는 도망치는 기색도 보이지 않고 손가락을 꿈틀거렸습니다.

"웃훗후. 다만, 나는 물의 스페셜리스트거든."

움직이고 있던 그 손가락을 쥐었습니다.

"튕겨낸 정도로 끝나지 않는단 말이지."

그 찰나, 흩어진 것처럼 보였던 물 덩어리가 템플나이트의 얼굴을 뒤덮었습니다.

"쿨럭…… 꼬륵…… 죽어…….."

호흡하지 못하게 된 템플나이트는 스테이지 위에서 물에 빠진 것처럼 발버둥치고, 투구를 벗어 던지더니, 이윽고 움직임이 둔해졌습니다.

10초, 20초, 어항에 얼굴을 넣은 것처럼 흔들리는 얼굴에서 고통스러운 표정을 보여주네요. 객석에서 외마디 비명이 들렸습니다.

"아차, 너무 지나치면 죽어 버리지……. 이거 참, 인간 상대로는 조절이 어렵네."

때를 봐서 술법을 푸는 메나.

흩어지는 물보라와 함께 템플나이트가 큰대자로 쓰러졌습니다.

얼굴 전체의 구멍에서 물을 흘리며 하마처럼 입을 커다랗게 벌렸고, 산소결핍 때문에 얼굴이 청자색으로 물들었습니다. 안

면이 하마와 대단히 닮았다는 것도 덧붙여야겠어요.

"스, 승자! 메나 퀴논! 누가 인공호흡! 어서!"

"……귀여운 ……여자애 ……희망."

"생각보다 괜찮군! 구석으로 옮겨놔!"

눈 깜빡할 사이에 2승 선취, 로쿠죠 마술학원이 위태로울 것 없이 이겼습니다.

"……롤 여사가 가장 위험하다고 생각했는데…… 저 둘도 꽤 위험하네요."

대장인 롤은 야유조차 듣기 좋다는 표정으로 로이드 일행을 보면서 싱글거리고 있었습니다.

그러면, 그 다음 시합은── 터놓고 말해 담백했습니다.

그 싸움 다음에 이어지는 선수들이 약간 볼맛이 안 나는 것도 무리는 아니었습니다. 템플나이트를 상대로 그렇게 처참하고 일방적인 시합을 했으니까요.

"역시 로쿠죠 마술학원이 위협적이네요."

셀렌이 솔직한 감상을 말했지만 콜린은 천천히 고개를 옆으로 저었습니다.

"아니, 서쪽이 나서기 전에 우승 후보가 있었대이. 지오우의 승려학원이다."

콜린이 자세하게 전해주려고 했을 때, 무슨 노란 천을 몸에 두른 청년들이 이쪽으로 걸어왔습니다.

어디선가 풍겨오는 향냄새. 손가락으로 인을 맺었고 깔끔하게 깎아낸 머리가 빛을 받아 반짝거렸습니다.

"아자미 사관학교 여러분인 걸로 압니다. 소승들은 지오우 제국의 승려학원에서 왔습니다."

선두에 서 있는 승려 같은 학생이 손을 모으더니 인사를 시작했습니다.

뒤에 있는 청년들은 아예 땅에 엎드리면서 기도를 바쳤습니다.

"아, 안녕하세요……."

"아자미의 군과 지오우는 다툼이 좀 있었지만 우리 수습 승려들과는 인연이 없는 이야기. 신경 쓰지 마세요. 좋은 시합을 하지요."

생각한 것보다 괜찮은 사람이길래 아자미 진영은 맥이 풀렸습니다. 하지만——.

"그, 그렇네요."

괜찮은 사람인 건 알겠는데. 뒤에서 기도를 하고 있는 학생은 뭘까——? 위화감이 들었던 로이드가 질문했습니다.

"저기, 뒤에 있는 사람들은 어째서 기도를 하는 건가요?"

"아아, 그들은 오랜만에 보는 여성에게 감사의 기도를 바치고 있는 겁니다. 신경 쓰지 마세요."

"물어보지 말걸 그랬어."

"이 대회는 그런 녀석들밖에 없는 건가요?"

여고의 문화제를 찾아온 남학교 학생도 아니고……. 아니, 남학교 학생이라도 이렇게까지는 안 합니다. 고작해야 근처에서 냄새를 맡거나 하는 정도죠.

여성진이 질색하지만 선두의 승려는 담담하게 말을 이었습니다.

"그리고 싸우는 도중, 이래저래 바디 터치를 할지도 모르겠습니다만······ 신경 쓰지 마세요. 좋은 시합을 하지요."

"그건 안 되지! 신경 쓰여!"

리호의 노성을 듣고도 평상심. 흔들림 없는 번뇌의 편린이 보입니다.

"그러면 이만."

머리를 번쩍거리며 물러가는 수습 승려들을 보면서 일동은 멍해졌습니다.

"저런 녀석들이 우승 후보인가요?"

셀렌의 지당한 물음에 콜린이 질리면서도 대답했습니다.

"유감스럽게도······. 지오우의 승려는 감수성 민감한 시기부터 산에 틀어박혀 수행하느라 마을 같은 데는 기본적으로 안 내려오는 기다······. 만성적으로 여성에게 굶주려 있다. 그래서 ──."

"그래서?"

"이 대륙 학생 마술대회는 학생 신분으로 산에서 내려올 수 있는 유일한 수단! 그걸 위해 피로 피를 씻는 선발대회 끝에 승려학원이 대회에 나타난대이!"

"금붕어 수조에 굶주린 거머리를 풀어놓는 거네요."

"지오우의 승려는 마력을 봉하는 비술이 있는 기다. 그걸 습득하기 위해서는 높은 자질과 노력이 필요하대이. 그 비술이 근처 국가를 억지하는 요체가 된다 아이가."

"제국의 요체가 에로스 위에 성립되는 거구나……."

이야기를 진지하게 듣고 있던 로이드는 그 위험성을 깨닫고 당황했습니다.

"잠깐 기다려 주세요! 그러면 저 사람들은 마법을 봉하는 수단이 뛰어난 거 아닌가요! 마법 대회인데 마법이 봉인되면 아무것도 못하잖아요!"

리호는 대처법을 알고 있는지 태연했습니다.

"마법을 봉하는 수단이 직접 상대를 만지는 거야. 닿지만 않으면 돼."

그리고 리호는 셀렌의 저주받은 벨트를 보았습니다.

"과연…… 이건 오히려 상성이 좋겠대이."

셀렌은 그것을 깨달았는지 아닌지 여유로운 표정이었습니다.

"저는 로이드 님이 아닌 사람에게 살결을 만지게 해줄 생각이 없답니다! 저런 대머리들은 격퇴해 주겠어요!"

셀렌은 웃으면서 스테이지 위를 향했습니다.

"아자미 왕국 사관학교 대 지오우 승려학원! 선봉전 개시!"

심판의 기세 좋은 신호.

뭔가 중얼중얼거리던 승려는 두 눈을 부릅뜨더니 양손을 쫌쫌하면서 뛰쳐나갔습니다. 손에는 약간 전류가 흘렀습니다. 벼락 마법이겠죠.

"그대의 그 번뇌! 소승이 주물러 쓰러뜨려 주마!"

번뇌 덩어리가 뭐라고 하네요.

"오지 마세요, 이 발칙한 사람! 순애 앞에서 쓰러지세요!"

스토커가 뭐라고 하네요.

그렇게 어떤 의미로 볼맛이 있는 시합이 시작됐지만, 셀렌은 얼마 전까지 마법의 초보자였습니다. 그 차이를 메우는 것이━━.

휘릭! 짜아아아악!

"뭣이!"

"후, 저의 절대방어. 저주받은 벨트에 사각은 없답니다."

저주받은 벨트. 콘론 마을의 아티팩트이며 본래 모습은 성수(聖獸) 브리트라의 가죽. 장착한 사람을 악의에서 지킨다는 장비품입니다. 사정이 있어 저주가 걸려 있던 탓에 그녀의 반생을 괴롭힌 물건이지만 지금은 어엿하게 그녀의 트레이드 마크입니다.

승려가 물러서지 않고 각도를 바꿔 손바닥을 내밀었습니다. 표현을 바꾸자면 가슴에서 허벅지로 표적을 변경했습니다.

그것을 곧장 벨트가 튕겨냈습니다. 장난을 용서치 않는 철벽의 유흥업소 아가씨 같군요.

그렇게 저지당한 엉큼한 승려는 조금 전까지 짓고 있던 표정은 어디 갔는지 콧구멍을 벌름거리며 펄펄 화를 냈습니다.

"으으으…… 조금 정도는 괜찮잖아!"

학생다움이 드러나긴 했네요.

셀렌은 그 틈을 놓치지 않았습니다.

"━━━━━━플레임!"

참 벼락치기로 배운 느낌이 가득하게 시간을 들인 영창과 술식 전개. 쏘아낸 불꽃도 수준 낮은 것이었습니다. 그러나 지근 거리에서 안면을 향해 쏘아낸 겁니다. 효과는 충분하죠.

"쿠우! 주무르겠다아!"

그을리면서도 승려가 필사적으로 응전했습니다.

"━━━플레임!"

"둔부!"

"━━━플레임!"

"유, 유방!"

"━━━플레임!"

"……허벅지…… 좀…….."

서서히 미디움 레어에서 웰던이 되어가는 지오우의 학생 승려를 보고 객석에서 외마디 비명이 들렸습니다.

객석에서는 "그냥 일격으로 쓰러뜨려 줘라!"라거나, "과연 저주받은 벨트 공주! 하는 짓이 악랄해!"라거나, "지방 귀족의 평판을 떨어뜨리지 마라!" 같은 소리가 들렸습니다. 마지막은 알란이군요.

결국 약 10분 정도 셀렌의 어설픈 마법으로 로스트 비프가 된 승려는 손끝 하나 건드리지 못하고 그 자리에 쓰러졌습니다.

"원통! 원통하다…….."

진짜로 우는데요.

"승자! 셀렌 헴아엔."

심판의 선언을 들은 셀렌은 기운이 쭉 빠져서 스테이지에서 내려왔습니다.

"잘했대이, 셀렌! 과연 저주받은 벨트! 완봉승 아이가!"

"고맙습니다……. 하지만 역시 마력이…….'

권태감 탓인지 셀렌의 낯빛이 안 좋습니다. 무리도 아니죠. 학생 승려의 집념 어린 성희롱 공격을 버텨내고, 익숙지 않은 마법을 계속 사용했으니까요.

"괘, 괜찮아요? 셀렌 씨!"

그 모습을 본 로이드가 걱정하지 않을 리 없습니다. 셀렌은 그 순간을 노린 것처럼 휘청거리며 그에게 기댔습니다.

"아아, 살짝 현기증이! 하지만 괜찮답니다! 이렇게 로이드 님에게 매달려 있으면 금세 마력이 회복될 테니까요……."

"어, 아, 잠깐…… 가, 간지러워요!"

"그건 마력이, 제 마력이 회복되고 있는 증거랍니다!"

셀렌은 터무니없는 이론을 전개하기 시작하면서 자신의 욕구를 채웠습니다.

그 이론에 이견을 제시하는 것처럼, 리호가 셀렌의 목덜미를 붙잡아 로이드에게서 떼어냈습니다.

"그렇구나. 하지만 로이드한테 매달리는 것보다 매직 포션을 마시는 게 회복이 잘 될 거라고 생각하는데."

"무슨 말씀을 하시나요! 시합의 승자에게 포상을…… 우급!"

작은 포션 병을 셀렌의 입에 집어넣어 억지로 입을 막았습니다. 아무래도 기관지에 들어갔는지 데굴데굴 구르면서 몸부림치는 셀렌.

© Nao Watanuki

"쿨록콜럭켈럭! 써어어…… 떫어어…… 랍니다……."

참고로 매직 포션의 원료는 꽃잎이나 나비의 날개에 들풀을 섞은 물건입니다. 까끌거리고 떫고 쓰고…… 실용성은 있지만 어지간한 이유가 없으면 아무도 먹으려고 안 하는 최악의 맛이 죠.

사레 들린 셀렌을 곁눈질하면서 리호는 손을 가볍게 흔들고 걸어갔습니다.

"정말이지…… 그럼, 다음 시합 다녀올게."

"여, 열심히 하세요!"

로이드가 격려하자 리호는 평소 보이지 않는 부드러운 표정으로 대답했습니다.

"응, 맡겨둬."

유유히 스테이지에 오르는 리호, 그 앞에 이미 처음에 말을 걸었던 학생 승려가 인을 맺으면서 서 있었습니다.

부드러운 태도에 차분한 분위기. 리호는 만만치 않겠다고 생각하며 긴장했습니다.

"어허, 다음은 당신이었나요……. 그러면 그 소년이 대장…… 뜻밖이군요."

"이쪽에도 이래저래 이유가 있거든."

"허어……. 신경 쓰이는군요."

"미안하지만 엉큼한 승려한테는 안 가르쳐 줘."

"후후, 저를 얕보시면 곤란합니다. 저는 아까 그 남자와는 차원이 다르옵지요."

"꽤 거창한데, 차원이라니."

"네, 저는 2차원밖에 사랑하지 못합니다."

"우와아."

정말로 만만치 않겠어. 리호는 재확인했습니다.

"그리하여 해가 떨어지기 전에 왕도의 서점을 돌아보고 싶습니다. 죄송하지만 얼른 승부를 내도록 하겠습니다."

"아, 응. 얼른이라는 부분만 동의할게."

때를 보아서 심판이 신호를 보냈습니다.

"그러면! 시합 개시!"

"어이쿠, 살살해 주시죠."

학생 승려는 표정을 풀지 않고서 손을 슥 내밀었습니다.

악수, 리호는 경계했지만 씨익 웃으며 송곳니를 보이고 응했습니다.

"아아, 살살 부탁해."

그녀가 내민 것은 미스릴 의수 쪽이었습니다. 승려의 표정이 흐려지네요.

"……이것은."

"헷, 치사하네. 악수해서 나를 만지고, 마법을 봉하려고 한 거지?"

"……의수에는 소승의 기술도 통하질 않는군요, 그러면!"

승려가 내민 손을 당기더니 금세 술식을 전개했습니다.

"갈라라……. 플레임 월!"

불꽃의 벽이 두 사람 사이를 차단했습니다.

"얄팍한 벽이네. 과연. 2차원 좋아한다는 건 그런 거야?"

"뭐라고!"

처음으로 말투가 흐트러진 학생 승려 앞으로 리호가 미스릴 의수를 내밀었습니다.

의수로 불꽃의 벽을 휘젓듯 꿰뚫더니 그 손바닥을 상대에게 향했습니다.

"이럴 수가!"

"식은 죽 먹기란 거지……. 선더볼트!"

손바닥에서 섬광 같은 불꽃이 튄 순간, 승려가 서 있던 장소에 전격이 뿜어졌습니다.

"우우우웃!"

몸을 돌려 거리를 벌리는 승려. 초조한 기색을 보이면서 다음 수를 생각하는 모양입니다.

"불꽃 벽이 전혀 효과가 없다니……. 역시 직접 만져서 마법을 봉해야……. 의수가 아닌 부분을 만지면 승산이…….

"그래서, 어떻게 만지러 올 건데?"

"……뭣이!"

잠깐 생각하는 사이에 승려 주위가 불꽃 벽에 둘러싸였습니다.

두 사람의 차이를 보여주듯 몇 배나 두꺼운 불꽃 벽, 그것이 사방에…….

"실력이 다르군……."

미스릴 의수가 빛을 뿜었습니다. 그 힘과 신성함에 사람들과 승려가 매료되었습니다.

"전신 화상을 입으면 책 읽기 어려울 것 같은데."

"후, 페이지를 넘기는 손이 떨려서 실수로 여러 페이지를 넘겨 치명적인 스포일러를 보게 되는 것은 피하고 싶군요."

공감하기 어려운 예를 든 다음, 학생 승려는 순순히 패배를 인정했습니다.

"승자! 리호 플라빈! 아자미 왕국 사관학교 1회전 돌파!"

끓어오르는 환성 속에서 천천히 스테이지를 내려왔습니다.

"수고했대이, 리호. ……역시 미스릴의 힘은 굉장하네."

"이건 잘 다룰 수 있으면 더할 나위 없는 무기니까요……. 하지만 조금이라도 긴장을 풀면 마력을 송두리째 빨아들여서 폭발해 버린다니까요……."

눈을 가늘게 뜨고 자신의 의수를 바라보는 리호, 그 앞에 로이드가 나타났습니다──무슨 작은 병을 들고서.

"수고하셨어요, 리호 씨! 자요! 포션이에요!"

"그래! 포션은 괜찮아. 마력은 아직……."

"무슨 말씀을 하세요, 리호 씨……. 억지로 참는 건 좋지 않답니다!"

눈물이 맺힌 귀신 같은 형상의 셀렌이 등 뒤에 나타나 어깨를 단단히 붙잡았습니다.

"……혹시, 아직 안 풀렸어?"

"아직 콧구멍이 찡하답니다!"

"잠깐, 좀! 그렇다고 코에 부으려고 하지 마. 코 세척이 아니거든!"

두 사람의 대화를 옆에서 듣던 로이드가 객석을 둘러보았습니다.

"그러고 보니 마리 씨가 안 보이네요……. 응원하러 온다고 했었는데."

늘 쓰고 다니는 뾰족한 모자가 안 보이자 로이드는 의문스레 생각했습니다.

그 마리의 집, 이스트 사이드의 잡화점에서는 조금 수라장이 발생하고 있었습니다.

"그렇~게 꾸미고서, 어딜 가려는 게니?"

"……장을 보러 시장에요."

마리가 시합 관전을 가려는 순간을 알카가 감지하여 순간이동으로 찾아온 것입니다.

빈틈없는 화장에 향수를 뿌리고 방금 세탁한 검은 로브까지…… 근처에 장보러 가는 것치고 너무 기합을 넣었어요.

"거짓말은! 로이드가 오기 전에는 화장이 귀찮다고 민낯으로 떠돌던 주제에! 아는 사람 만날 것 같으면 뒤가 켕기는 녀석들처럼 몸을 감추고 지나가길 기다리는 수상쩍은 짓을 한 주제에!"

"어째서 내 생태를 파악하고 있는 건데요!"

얼굴이 새빨개진 마리를 노려보면서, 알카는 테이블을 탕 두드렸습니다.

"설마하니 로이드가 활약하는 무대를 보러 가려는 것은 아니겠지! 조사를 다 해 봤단다! 내가 보러 못 간다고 감추려고 했겠다!"

"정말로 어떻게 조사한 건데요!"

그때였습니다. 테이블을 두드린 진동으로 탁상 위에 있던 작은 상자의 뚜껑이 어긋났습니다.

안을 보니 아무래도 도시락인가 봅니다. 형태는 어설프지만 정성을 들여 만들었을 반찬이 들어 있었습니다.

"…………아."

"…………도시락, 로이드가 만든 게 아니구나. 완성도가 다르잖느냐."

네, 이른바 마리 특제 애정 도시락입니다. 평소 로이드에 대한 감사의 마음과 여러 가지, 뭐 못나게 말로 하자면 사랑입니다만. 그것이 담긴 수제 도시락입니다.

경기장에 가서 건네주려고 한 그때, 연애 헌병 알카에게 붙잡혀 버렸다는 거군요.

"…………제가 먹을 거예요."

"거짓말 말거라아! 넌 자기 도시락에 하트 무늬를 장식하느냐!"

"네, 그래요! 자기애가 강하거든요!"

"어디서 거짓말이냐! 로이드가 오기 전에는 통조림과 커피로 생활하던 건어물 같던 여자인 주제에! 야채를 안 먹어서 변비 걸리니까 어쩔 수 없이 야채를 생으로 마지못해 먹는 여자인 주제에! 수제 요리에 굶주려서 일부러 근처의 저녁 시간에 상품을 전달하러 가서 대접받던 주제에!"

"내 생태를 얼마나 파악하고 있는 건데요! 범죄 수준이잖아요!"

마리는 일단 이 나라의 왕녀지만 이 만행들을 들어보면 설득력이 부족하네요. 기억의 구석에 파묻어 놨던 추태가 드러나자 그녀는 얼굴이 빨개지셨습니다.

알카는 문득 수정 속의 광경을 보았습니다. 아무래도 마을 사람들이 그녀가 없는 것을 의심스럽게 생각하기 시작했나 보군요.

실로 밉살맞다는 듯 "치잇." 하고 혀를 찬 알카는 무거운 발걸음으로 수정 안에 돌아가고자 했습니다.

이 수정은 알카 전용 순간이동 장치의 게이트라는 역할이 있으며 그녀는 이것을 이용해 대륙의 끝에서 끝까지 한순간에 오고 갈 수 있는 겁니다……. 완전 초인이군요.

"……아쉽지만 마을 녀석들이 눈치채기 시작한 모양이구나. 나는 돌아가야 한단다."

"다녀오세요! 조심하세요!"

마리는 밝게 손을 흔들며 알카를 배웅하려고 했습니다.

"마리, 이다음에 설마 하니 나한테 말도 없이 로이드의 활약을 보러 가려는 건 아니겠지?"

"설~마~ 스승님이 못 보는데 제자가 보러 갈 리 없잖아요."

완벽한 국어책 읽기에 알카가 울컥했습니다.

이 여자, 분명히 보러 간다. 그것을 짐작한 그녀는 만행을 저질렀습니다.

"그렇구나 그래. 그러면 만약을 위해서 10분에 한 번 맹렬한 복통이 오는 저주를 걸어주마."

"잠깐! 그 악의 덩어리 같은 저주 뭔데요!"

마리의 호소를 깔끔하게 무시하고, 알카는 고대 룬 문자로 뭔가 적기 시작했습니다.

"스승을 생각하는 제자가 깜빡 몰래 보러 가지 못하도록! 그리고 변비 기미인 여성의 고민을 해결해 주려는 내 선물이니라! 달게 받도록 하려무나!"

"괜찮습니다, 스승님! 요즘에는 로이드 군 덕분에 대단히 건강한 생활을——."

"그건 자랑이더냐아아아!"

마리의 배에 룬 문자를 대는 알카. 그러자 마리의 안색이 점점 파랗게 변하고 소름이 돋기 시작했습니다. 아무래도 곧장 파도가 온 것 같군요.

"이 로리 할망구우우우! 으갸아아아아!"

절규가 화장실 문 안쪽으로 사라졌습니다.

싱글싱글 웃으면서 문 너머로 말을 거는 알카.

"우음. 아무래도 기합이 너무 들어가서 상당히 하드한 신호가 오게 된 모양이구나. 뭐, 수정 너머로 엎드리고 빌면서 반성의 뜻을 계속 보여주면 좀 일찍 해제해 주도록 하마."

그리고 알카는 얼른 수정 안으로 사라져 버렸습니다.

몇 분 뒤, 핼쑥한 마리가 화장실에서 나왔습니다.

"이런 빌어먹을……. 원망할 거다. 그 로리 할망구에게 시시한 룬 문자를 남겨준 고대인들……."

아무리 그래도 이 간격으로 이 수준의 복통이 오면 시합 관전은 꿈도 못 꿉니다. 이번에도 당한 마리는 밉살맞다는 표정을 지었습니다.

"……스승님이 해방되는 건…… 오늘 밤……. 지금은……."

그 순간, 교회가 울리는 정오의 종이 소리를 내기 시작했습니다.

"밤이라니…… 설마 밤 12시는 아니겠지! 최악의 경우 오늘 하루 종일 이거!"

얼굴이 파래진 마리.

그리고 몇 분 뒤, 마리는 기우제를 하는 부족처럼 수정에 필사적으로 기도를 바치게 되었습니다.

"정오네……."

교회의 종소리가 희미하게 들리는 경기장에서는 이제 곧 결승전이 시작되려고 했습니다.

이례적인 스피드의 이유는 로쿠죠 마술학원의 압승극과 아자미 사관학교의 쾌진격입니다.

필로와 메나. 퀴논 자매가 템플나이트와 싸운 모습은 그 다음 대전 상대의 전의를 꺾기에 충분했습니다.

또한 아자미 사관학교도 셸렌의 절대방어는 상대의 마음을 꺾어 조기 리타이어를 재촉했고, 리호의 미스릴 의수를 이용한 하이 레벨 마법은 어중간한 상대는 따라가지도 못했습니다.

그 두 팀이 지금 결승 무대에서 만나게 되었습니다.

정렬하고서 대전 상대와 마주봅니다. 콜린은 차근차근 롤에게 말했습니다.

"기억하나? 학생 시절에 모의전에서 싸웠던 거, 니하고는 1승 1패였대이."

콜린이 그리워합니다. 그에 비해 롤은 동공을 열고서 시선으로 꿰뚫었습니다.

"진작에 잊었어예. 성검만 손에 들어오면 상관없는 기라예."

"······그래."

설전을 걸었다가 무시당해서인지, 아니면 변해 버린 동급생을 보고 생각하는 바가 있었는지 콜린이 쓸쓸하게 짧은 대답만 남겼습니다.

"그러면 선봉만 남기고 다른 사람들은 스테이지 아래로."

선봉, 상대는 필로.

그에 맞서는 아자미는 셀렌.

남은 멤버들을 보면 요즘 들어 보기 드문, 세계 대회에서도 좀처럼 볼 수 없는 색다른 대결입니다. 경기장이 뜨거워졌습니다.

한쪽은 마석으로 직접 때리는 필로 퀴논.

한쪽은 절대방어로 마법에서 몸을 지키고, 슬금슬금 상대를 괴롭히는 셀렌 헴아엔.

마치 창과 방패.

그리고, 다른 사람과 다른 이유 때문에 셀렌이 뜨거워졌습니다.

(이 여자가 로이드 님에게 한 수많은 행위, 부럽…… 아니, 용서할 수 없어요.)

셀렌을 개의치 않고 뚱한 표정으로 손을 흔드는 필로, 그 앞에는━━ 로이드가 있었습니다.

"아, 아하하."

그런 그를 리호가 팔꿈치로 찔렀습니다━━ 아, 살짝 강하네요.

"아내가 보는 앞에서 당당하게 남편을 유혹하다니…… 정말 비상식적이네요……."

멋대로 머릿속에서 혼인 신고서를 제출하는 게 훨씬 비상식적인 것 같은데요…….

굳센 망상의 셀렌. 눈동자의 하이라이트가 한순간에 사라졌습니다.

어둠을 담은 눈동자. 그 시선이 꿰뚫었지만 필로는 태연했습니다.

"…………비상식적?"

"그래요! 갑자기 손을 쥐거나 여자 친구처럼 일방적인 태도! 상대의 마음을 전혀 생각지 않는 그 만행! 비상식이 아니면 뭐라고 하겠어요!"

손가락으로 척 가리키며 큰소리를 치는 셀렌이었지만.

"부메랑이네."

"부메랑인 기다."

자신의 평소 행실을 완전히 부정하는 내용이었습니다. 설득력이 한 조각도 없어요.

"…………그쪽도 ……하고 있어."

"시, 시끄럽답니다! 저는 괜찮아요! 아내니까요! 미래의!"

드디어 상대에게도 논파당했군요. 설 자리가 없습니다.

"저기, 시작해도 될까?"

"……응."

미묘한 대화를 듣던 심판이 미안한 기색으로 말했습니다. 필로가 평소와 같은 한마디로 개전을 재촉했습니다.

"아, 네……. 그러면 결승전! 필로 퀴논 대 셀렌 헴아엔! 시합 개시!"

서로 나누는 대화가 들리지 않는 객석은 개시 신호와 함께 와아 끓어올랐습니다.

"…………응."

필로가 곧장 품에서 마석을 꺼냈습니다. 그 모습에 객석이 더욱 끓어올랐습니다.

"……괜찮답니다, 저에게는 로이드 님과의 인연. 운명의 붉은 벨트가 있는걸요."

셀렌은 10년 넘게 이 저주받은 벨트에 얼굴이 칭칭 감겨 있었습니다. 그 악몽에서 해방해 준 로이드에 대한 살짝 묵직한 사모의 정.

저주가 풀린 이 벨트는 온갖 악의에서 몸을 지키는 절대방어의 장비로 승화되었습니다.

　자신이 가득한 표정의 셀렌은 겁먹지 않고 필로에게 다가섰습니다.

　환성이 끓어오르는 가운데 필로도 다가가 당당하게 마석을 들었습니다.

　(분명이 괜찮답니다. 이 벨드는 어떤 공격이라도 견딜 수 있는 걸요.)

　필로는 팔을 커다랗게 올려 마석으로 때리고자 했습니다.

　그러나── 벨트가 꼼짝도 하지 않았습니다. 뭔가 기분이 틀어진 것처럼 허리춤에서 축 늘어져 있을 뿐이군요.

　(괜찮답니다, 언제나 저를 지켜주니까.)

　필로가 팔을 휘두르고자 합니다.

　(괜찮아괜찮아──.)

　마석이 정수리를 때리려는 순간, 셀렌은 견디지 못하고 뛰어서 도망쳤습니다.

　"어째서 반응하지 않는 건가요오오오!"

　땅에 격돌한 폭풍과 함께 날아가는 셀렌. 흙먼지투성이가 되어 일어서서 허리춤의 벨트를 질책했습니다.

　"잠깐 어떻게 된 건가요! 평소에는 막아주는데! 온갖 악의에서 몸을 지켜준다는 이야기는 잘못된 거였나요?"

　축 늘어진 벨트는 전혀 대꾸하지 않았습니다.

　혹시 파업? 그렇게 추측하는 셀렌에게 필로가 다가갔습니다.

"…………다음."

아까보다 더 큰 폭음이 울리며 스테이지가 터졌습니다.

"잠깐, 이런 말도 안 되는 위력의 공격을 하고서 어째서 무표정한 건가요! 아무 생각 없나요? 안 느끼나요? 응? 아무 생각이 없어?"

자신이 한 말을 셀렌은 찬찬히 돌이켜봤습니다.

(온갖 악의에서 지켜준다──『악의』라는 게 설마.)

스테이지 옆의 리호와 콜린도 깨달은 모양입니다.

"서, 설마."

"악의가 전혀 없다는 거가?"

무감정. 그저 싸우기만 하는 무도가. 악의란 개념이 없고, 그저 자신의 무를 펼칠 뿐.

마치 기계군요. 그 사실에 주위가 전율했습니다.

"그런 말도 안 되는 일이 있어서 되겠어요오오오!"

벨트가 없는 셀렌에게 남은 것은 벼락치기로 배운 변변찮은 불꽃 마법뿐입니다.

승산이 없는 건가?

폭풍에 몸을 드러내고 작은 자갈을 몸에 맞으면서, 셀렌은 자문자답했습니다.

(못 이겨? 저 여자에게? 로이드 님을 유혹한 도둑고양이에게?)

양보할 수 없는 일선이 있죠. 그 일선이 명확해진 셀렌은 물러서지 않고 앞으로 나섰습니다.

"저주받은 벨트 공주라고 업신여겨지기를 약 10년! 10년이나 함께 지냈답니다! 조금 정도는 내가 하는 말을 들어줘도 벌은 안 받아요! 허리에서 축 늘어져 있을 거라면 그냥 노끈이라도 충분하답니다!"

말없는 벨트를 계속 질책하는 셀렌.

"……응."

가차 없이 휘두르는 마석의 일격.

이제 끝장인가? 누구나 생각한 다음 순간이었습니다.

휘리릭 벨트가 벽을 만들어 마석의 공격을 막아냈습니다.

가죽 벨트가 몇 겹으로 펼쳐져 폭음을 가로막습니다. 오늘 가장 큰 환성이 경기장에 울렸습니다.

"……응?"

"후후후…… 드디어, 드디어 각성했답니다!"

셀렌이 황홀한 표정으로 드높이 웃었습니다.

"저의 로이드 님을 향한 뜨거운 마음이 고조되어서! 이 저주받은 벨트를 길들이는 데 성공한 거랍니다!"

소리 높여 웃는 셀렌을 필로가 다시 한번 공격했습니다.

"……다시 한번."

"소용없답니다앗!"

신이 나서 벨트를 뻗어 자신 앞에 그물 모양의 벽을 만들었습니다.

"뜻대로 조종할 수 있게 된 저는…… 무적!"

"……그러면…… 두 배……."

필로는 품에서 마석을 두 개 꺼내더니 양손으로 때리고자 했습니다. 그러나.

"무르답니다!"

셀렌의 벨트가 필로의 몸을 휘감았습니다.

꾸우욱. 벨트가 조이는 소리. 필로의 움직임이 멈추고 말았습니다.

"……으."

"자아, 더욱 강하게 조일 거랍니다!"

의기양양, 형세역전. 사랑의 도둑고양이를 드디어 혼내줄 수 있다고 생각한 셀렌은 말이 많아졌습니다.

그리고 필로는———.

"······················얕보지 마."

손에 쥐고 있던 마석을 버리고 주먹을 쥐었습니다.

별것 아닌 동작.

관객석에서는 보이지 않는 작은 변화였지만.

싸아아악———.

셀렌도, 로이드 일행도. 그리고 경기장 전체에 있는 관객을 포함한 모두가 소름이 돋았습니다.

전파되는 전율. 로이드만 그럭저럭 냉정하게 그녀를 보고 있었습니다.

"굉장한 기백이야……. 마치 우리 할아버지 같네……. 저 주먹…… 마석보다 위험할지도 몰라."

"저 폭발물보다 위험한 기가!"

그 마석으로 직접 때리는 것은 어디까지나 「대회 룰에 따른 공격 방법」이고, 그런 것에 의지하지 않아도…… 오히려 마석 따위 족쇄에 지나지 않는다.

그렇게 말하는 것처럼 필로의 기백이 고조되었습니다. 그녀 주위에 정체 모를 아지랑이가 들러붙었습니다.

그리고, 등줄기가 얼어붙은 셀렌은 조금 전까지 잘 돌아가던 입은 어디 샀는지 말이 사라졌습니다.

뇌리에는 콜린이 가르쳐준 그녀의 유파, 귀신 피리도의 전설, 산조차 부순다는 일화.

(처음 들었을 때는 코웃음을 쳤지만…… 어쩌면 거짓말이 아닐지도 모르겠어요…….)

들뜬 기분을 긴장시키고, 필로의 일거수일투족을 경계했습니다.

"…………응."

필로는 틈으로 손을 뻗어 벨트를 쥐더니…… 놀랍게도 던져 버렸습니다.

셀렌의 몸이 어찌할 도리 없이 공중에 떠올랐습니다.

"아, 잠깐."

설마 했던 던지기. 아무리 벨트라도 대처하지 못하고 공중을 날아 땅에 얼굴로 착지했습니다.

"부엑!"

여자애 입에서 나와선 안 되는 목소리가 들렸네요.

그리고 한순간 벨트의 구속이 느슨해진 틈에, 필로가 도약했습니다.

셀렌과 거리를 한순간에 좁힌 필로는 쓰러진 그녀를 향해서 주먹을 내리치고자 했습니다.

산조차 부순다는 유파의 진심 어린 타격.

"──잠."

절체절명. 셀렌의 마지막 말이 「잠」이 되는 순간이었습니다.

"바, 반칙! 반칙!"

심판이 몸을 던져 끼어들더니 커다란 목소리로 시합을 막았습니다.

"…………에?"

정색한 표정으로 심판을 돌아본 필로. 셀렌이 후후후 웃으면서 땅에서 얼굴을 들어 승리를 뽐내는 표정을 지었습니다. 코피가 나서 아파 보이네요.

"저질러 버렸군요, 필로 씨. 마법 대회인데 주먹으로 때리다니!"

"…………우에."

정색한 표정이지만 말에서 저질러 버렸다는 생각이 흘러나왔습니다.

"길거리 싸움이라면 모를까 이 대회는 대륙 학생 『마술』 대회랍니다! 아무리──."

그 승리를 뽐내는 표정의 셀렌에게 심판이 미안한 기색으로 다가섰습니다.

"말하기 어렵지만…… 반칙패는 셀렌 헴아엔이다."

"어, 어째서인가요!"

"아니, 아티팩트를 이용한 방어는 인정하고 있지만…… 먼저 공격했잖아. 마법하곤 상관없이, 물리적으로 그 벨트로 조여서……."

"…………어머나?"

"조금 더 일찍 말리고 싶었는데."

"……어라라?"

던지기를 당하고서 패배라는 슬픈 결과였습니다.

"기분 어때? 땅에 내동댕이쳐진 끝에 반칙패를 하는 건."

"상처에 소금 뿌리지 마세요."

대기석에서는 리호가 셀렌을 놀리고 있었습니다.

"셀렌 씨 괜찮아요? 다쳤잖아요."

"괜찮답니다! 로이드 님과 밀착하고 있으면 상처가 빨리 나으니까요!"

아까보다 훨씬 코피를 콸콸 흘리면서 수수께끼 논리를 전개하는 셀렌. 그거 악화된 거 아냐?

"자, 져 버린 건 어쩔 수 없는 거래이. 전환을 하는 기다…… 다음은."

스테이지 위에는 이미 필로의 언니, 메나 퀴논이 스탠바이하고 있었습니다.

스트레치를 하거나 골프 스윙을 하는 등 여전히 종잡을 수 없는 태도로군요.

그러나 그녀는 물 마법의 스페셜리스트.

물 덩어리로 상대의 얼굴을 뒤덮어 질식을 재촉하는 무시무시한 기술을 가졌습니다.

아마 그 밖에도 수많은 마법을 쓸 수 있겠죠.

"여동생이랑 달라서 순수한 마술사래이, 그것도 레벨이 높다."

콜린의 식견은 틀림없었습니다. 이 메나 퀴논은 세계대회에서도 좋은 성적을 낼 정도의 마술사입니다. 학생 대회에 나올 법한 수준 따위 진작에 능가했죠. 말하자면 소년 야구대회에 프로 선수가 나타난 겁니다.

"1패를 하면 끝이네……."

리호는 문득 대전 상대 쪽, 롤을 보았습니다.

그녀는 시선을 깨달았는지 입가를 비틀면서 승리를 뽐내는 표정을 지었습니다.

"……저 밉살맞은 얼굴 전체의 모공이 전부 열릴 정도로 놀래주고 싶은데."

"리호, 우연이래이. 내도 그리 생각했다 아이가."

두 사람은 롤에게 뒤지지 않는 징그러운 웃음을 짓더니 동시에 로이드 쪽을 보았습니다.

"로이드, 네 차례야."

"후에?"

셀렌이 달라붙어서 우왕좌왕하고 있는데 갑자기 지명하자 로이드는 공기가 빠지는 대답을 했습니다.

"어, 그래도 다음에 지면……."

자기 평가가 낮은 이 소년은 자신이 그냥 머릿수를 맞추기 위해 불려왔다고 생각하고 있었습니다. 기가 약한 모습을 전면에 드러내는 그를 달래듯 리호가 상냥하게 말했습니다.

"무슨 말이야. 너라면 괜찮아."

"네? 그래도……."

그 말을 가로막으며 리호가 말을 이었습니다.

"흔한 말일 시도 모르지만 말야……. 너라면 분명히 이길 수 있어."

"저, 기……."

"내 눈을 믿어 줘."

로이드는 리호의 어깨 부근에 파고든 미스릴 의수에 시선을 떨구고서, 뭔가 생각하더니.

"윽!"

진지한 눈길로 변했습니다.

"…………네. 저는 리호 씨를 믿으니까요……. 뭘 할 수 있을지는 모르겠지만요."

"평소처럼 하면 되는 기다, 응."

천천히 고개를 끄덕인 로이드는 단단한 발걸음으로 스테이지 위에 올라갔습니다.

"……저 녀석, 괜찮을까?"

"저 녀석? 로이드 님 말인가요?"

설마, 리호가 어깨를 으쓱거렸습니다.

"아니, 메나 퀴논 말야. 방어 마법을 쓸 수 있을 테니까 죽지는 않겠지만."

걱정스러운 시선은 로이드……가 아니라 대전 상대인 메나 쪽을 향하고 있었습니다.

그것도 그렇겠죠. 아무리 소년 야구를 유린할 수 있는 프로 야구 선수라도 곰이나 호랑이가 상대로 나서면 아무것도 못하니까요. '야구 하자!'라고 말하는 동안 크앙 당하고 말 겁니다.

스테이지 위의 메나는 대전 상대가 리호가 아닌 것, 로이드가 상대라는 것에 조금 동요했습니다.

"너, 너구나……."

"네! 잘 부탁드립니다!"

땅에 머리를 찧는 게 아닌가 싶은 기세로 인사하는 로이드를 보고, 다소 동요하면서 메나도 고개를 숙였습니다.

(진정하자……. 이 로이드라는 소년, 분명히 잡화점에서 필로의 맹공을 버텨낼 정도의 초인이지만, 마법에 관해서는 미지수…….)

서서히 냉정함을 되찾고 본래의 종잡을 수 없는 실눈의 미소로 돌아갔습니다.

자기 생각을 상대가 파악하지 못하도록 미소로 감추는 것이 아무래도 그녀의 처세술인 모양입니다.

(그리고 나는 대인용 마법…… 상대의 호흡을 막는 마법이 있어.)

실눈 안에서 날카로운 시선을, 눈앞에서 부드럽게 웃는 소년에게 향했습니다.

(아무리 신체능력이 높아도 숨을 10분 이상 참을 수 있을 리 없어……. 그런 인간이 있을 리 없지……. 내 승리는 흔들리지 않아.)

그녀는 생각도 못했을 겁니다. 눈앞에서 흠칫거리는 소박한 소년이, 물속에 1시간이나 잠수할 정도로 규격을 벗어난 존재라는 것을——.

"시합 개시!"

심판의 신호와 함께 메나는 거리를 벌렸습니다.

로이드는 뭘 해야 할지 몰라서, 일단 가볍게 파이팅 포즈만 취한 채 지켜보고 있었습니다.

(자세도 초보자…… 너무 생각이 많았나…….)

표정에는 드러내지 않고 상대를 살피더니 웃으면서 술식을 전개했습니다.

"그러면, 이번 주의 깜짝 마법 시~작~한다~!"

익살을 부리며 펼친 오늘 몇 번이고 보였던 물 덩어리 마법.

호흡을 막아서 항복을 유도한다——. 일대일이라면 필살이라고 할 수 있는 마법을 웃으면서 펼쳤습니다.

"응?"

로이드는 전혀 피할 기색을 보이지 않고 그 마법을 받았습니다.

객석에서 낙담하는 소리가 들렸습니다. "끝났네", "시합 끝이야." 그런 기색을 품은 목소리입니다.

메나는 목 위에 어항처럼 물 덩어리를 두른 로이드를 보고 웃으면서 헌팅캡을 고쳐 썼습니다.

"이제 잠깐 기다리면 되겠지. 빵이나 우유 가져올 걸 그랬네."

금방 고통스러워하며 다리가 풀리고 쓰러지겠지. 그 때 풀어줘야지. 술식을 언제든지 풀 수 있도록 대비하면서 그녀는 로이드를 바라보았습니다.

──그리고 5분이 경과했습니다.

"오~ 잘 버티네."

상대는 필로 수준의 신체능력을 가진 소년. 겉보기에 속지 말고 천천히 기다려야지.

동요하지 않고 물 덩어리에 머리를 넣고 있는 소년을 바라보았습니다.

──그리고 10분이 경과했습니다.

".......................아직?"

로이드는 전혀 괴로운 기색이 없었습니다.

(혹시 선 채로 기절한 건……)

그렇게 생각한 순간, 물 덩어리 안에서 그가 고개를 갸웃거렸습니다.

(아니야! 어? 대체 어째서?)

기절한 기색이 아닙니다. 괴로워하지도 않습니다. 그저 우두커니 서있는 겁니다.

(…………뭐, 호흡하지 않을 수 있는 인간 따위 존재하지 않아…… 존재할 리가 없어.)

——그리고 20분이 경과했습니다.

"어떻게 된 거야! 소년! 무슨 수를 썼지! 내 눈을 속이다니! 대체 뭘 한 거야! 젠장!"

평소와 같은 익살스러운 표정은 어디론가 날아가고, 본바탕의 메나가 나와 버렸습니다. 그리고 중요한 것을 잃어버린 사람처럼 흐트러졌습니다.

관객들도 대체 어떤 원리가 있는 건지 궁금한가 봅니다. 낙담하던 목소리가 환성으로 바뀌고 있었습니다. 오늘 제일 흥하고 있지 않을까요? 어라? 객석 어딘가에서는 앞으로 얼마나 숨을 참을 수 있는지 내기가 시작돼 버렸네요.

"콜린 대령님, 우리도 로이드가 앞으로 얼마나 숨을 참을 수 있는지 내기할까요?"

"그만두래이, 리호. 내기가 성립 안 된다."

이 두 사람은 여유작작하게 영화의 한 장면처럼 농담을 나누고 있네요.

그런 아자미와 대조적으로 반대쪽 롤은 모공에 콧구멍에 하여간 못생긴 표정으로 아자미 사관학교 쪽에 외쳤습니다.

"잠깐 심판! 반칙이다, 반칙! 뭔가 한 기라!"

한편 아자미 측은 달관한 눈빛입니다.

"유감이지만 반칙 아니래이."

"이 녀석, 숨을 1시간 참을 수 있거든."

태연하게 말하자 얼굴이 새빨개졌습니다.

"그런 억지 변명이 통할 것 같나! 심판! 체크! 혹시 죽었을지도 모른다!"

심판에게 억지로 체크를 요구하는 롤. 심판도 수상하게 생각했는지 조심조심 로이드에게 다가갔습니다.

"……저기, 로이드 선수…… 죽었니?"

"보글부글? (안 죽었는데요?)"

"살아 있습니다아."

약간 무책임한 태도로 엄지를 세우는 심판에게 롤이 "사기다, 반칙이다." 라며 맹렬히 항의했습니다.

그리고 물 덩어리를 유지하는 데 한계가 가까운 메나는 이마에 땀을 맺으면서 다음 한 수를 생각했습니다.

(설마 물 덩어리 마법이 깨질 줄은 생각도 못 했어……. 그렇다면…….)

어떤 트릭을 썼든지 정면으로 순수한 마법을 쏘아내면 된다. 밀릴 리 없다. 그렇게 생각했습니다.

평소의 미소가 아니라, 부릅뜬 실눈으로 로이드를 꿰뚫어보았습니다. 살기마저 감도는 기백이군요.

"물 덩어리 마법을 깼다고 해서…… 나를 쓰러뜨리지는 못하거든……."

자신의 모든 것을 구사해서 전력으로 맞선다.

물의 벽으로 방어를 굳힌다.

안개 마법으로 시야를 가린다.

그리고——.

(상급 물 마법…… 타이달 웨이브로 결판을 낸다!)

소환으로 분류되는 상급 마법, 일개 사단을 쓸어버린다고 하는 마법 『타이달 웨이브』를 쓰기로 결심했습니다.

물속에 얼굴을 넣고 있던 로이드는 이렇게 생각했습니다.

(으~응. 이다음에 뭔가 할 거라고 생각했는데…… 아무것도 안 하네.)

일단 상태를 지켜보던 로이드는 점점 불안해졌습니다.

게다가 심판이 다가와서 "살아 있니?" 라고 물어보았습니다.

(설마 숨을 막히게 해서 항복을 노린 건……. 나도 1시간은 멈출 수 있는데 그렇게 효율 안 좋은 짓은 안 하겠지.)

오늘도 감각에 맛이 간 로이드 군입니다.

물 때문에 일그러진 시야 끝에, 상대인 메나가 움직이기 시작했습니다.

팟. 얼굴을 뒤덮고 있던 물 덩어리가 흩어지고 대환성이 로이드를 감쌌습니다.

"후에? 무슨 일이지?"

범상치 않은 환성, 그것이 「필살 물 덩어리 마법을 이 대회에서 처음으로 깬 것」 때문이라고 생각지 못하네요. 본인은 그냥 가만 서 있었던 것뿐이니까요.

놀라는 것도 잠시. 눈앞의 메나가 뭔가 술식을 전개하더니 물의 벽이 나타났습니다.

사방을 폭포 같은 물의 벽으로 둘러싼 그녀의 머리 위에서 이번에는 짙은 안개가 뿜어져 나왔습니다.

"안개……?"

더할 나위 없는 짙은 안개가 부서진 스프링클러처럼 소용돌이치면서 주위에 흩어졌습니다. 그 농무는 이윽고 스테이지 위를 모두 뒤덮었습니다.

일반인에겐 보이지 않는 짙은 안개였지만 로이드에게는 대단찮았습니다. 눈에 가만히 힘을 주고서, 안개 너머, 물의 벽 너머, 지금 메나의 행동을 지켜보았습니다.

(아, 마법 영창한다.)

초 상급 마법, 상당한 시간이 필요한 소환 마법을 필사적으로 영창하고, 자아내고, 술식을 전개하는 그녀를 보고 로이드는 뭔가 떠올렸습니다.

(그렇지! 마법 대회잖아! 나도 마법으로 응전해야지.)

터무니없는 것을 잊고 있었다며 자책한 로이드는 곧장 마법을 읊으려고 했습니다.

(솔직히, 내가 뭘 할 수 있을지 모르겠지만…… 마리 씨도 말했었어. 뭔가 시도하는 게 중요하다고……. 그리고…….)

그런 자신을 믿고서 보내준 리호에게 보답하고 싶다. 그 마음으로 마법을 읊었습니다.

──초(超) 초급 바람 마법, 에어로를요.

"에, 에어료!"

완전 혀가 꼬였네요.

본래는 산들바람도 일어나지 않을 너무나 불완전한 영창, 그러나 로이드입니다.

순식간에 그를 중심으로 기압이 흐트러졌습니다.

고오나 쿠왕, 하고 들리는 굵직한 바람 소리가 로이드의 손에 모였습니다.

그리고── 집속된 폭풍이 메나를 공격했습니다.

안개는 한순간에 날아가고.

물의 벽은 물보라가 되어 흩어지고.

"뭐야아아아아아!"

메나는 몇 미터 뒤의 경기장 벽으로 날아가 부딪혔습니다.

느닷없는 폭풍에 사람들이 말을 잃었습니다. 이런 마법이 있었나? 조짐이 아무것도 없었는데──라는 분위기로군요.

그때였습니다──.

"영창 실패다……."

누군가의 한마디가 경기장에 파문처럼 퍼졌습니다.

"초 상급 마법을 쓰려다가 실패해서 폭발했어."

"그러면 얼결에 이긴 거야?"

"아니, 어떻게 했는지는 모르지만 물 덩어리 마법을 격파하고, 동요시켜서 자멸을 재촉한 거야."

"우오오! 작전의 승리냐!"

경기장 온갖 곳에서 일어나는 말을 들은 로이드는 그것을 자기해석했습니다.

(그렇구나. 뭔지는 모르겠지만 서두르다 마법 실패해 버렸구나. 그렇겠지, 완전 꼬인 내 영창으로 이길 리 없으니까.)

사방으로 고개를 숙인 다음, 로이드는 안도의 한숨을 쉬며 스테이지에서 내려왔습니다.

"다행이에요. 상대방이 자멸해 준 모양이라. 굉장해요, 리호 씨! 이걸 알고서 서투른 저를 차봉으로 세운 거군요."

"아, 응, 그렇지."

리호는 아까 그 돌풍으로 흐트러진 머리를 대강 빗으면서 눈앞의 인간 파괴병기에게 대답했습니다.

"리호 씨 말을 믿길 잘했어요. 다음에 이기면 우승이네요. 열심히 하세요."

로이드는 흥분이 식지 않는 느낌으로 리호의 양손을 꼭 쥐었습니다. 다른 뜻은 없겠지만…….

"……아아, 응."

효과는 빼어나군요. 아무래도 이 파괴병기는 하트도 꿰뚫는 모양입니다. 자각 없이.

"네~에, 네에네에 두 분 너무 가까워요. 적절한 거리를 유지해 주세요."

그 러브러브틱한 분위기에 하트 따위 진작에 꿰뚫려 바람구멍이 나 있는 셀렌이 심판처럼 브레이크를 걸었습니다.

"바보, 따, 딱히 그런 거 아냐."

"그 반응이 벌써 대답한 거나 마찬가지인기다, 리호……."

한편, 날아가서 벽과 땅바닥에 호되게 부딪힌 메나는 정신을 잃었습니다. 마법에 저항할 수 있는 장비품도 격돌의 충격은 막아주지 못한 모양입니다.

필로가 축 늘어진 메나를 걱정스레 안고 있었습니다.

"…………강해."

한마디 중얼거리면서 로이드에게 시선을 보냈습니다.

그리고,

"…………응."

입술을 씨익 일그러뜨렸습니다.

"의무실은 저쪽이다. 부상자가 흔들리지 않도록 해."

의료팀이 유도하려고 말을 걸자, 필로는 반사적으로 그 표정을 지웠습니다.

"……응."

뚱한 표정으로 돌아와서 신중하게 살금살금 걸으며 안쪽으로 가는 필로. "그렇게까진 안 해도 되는데." 하고 의료반이 말했습니다.

그 옆에서는 롤이 기절한 메나를 한 번 돌아보지도 않고 분한 기색으로 엄지손톱을 깨물고 있었습니다.

"……젠장, 젠장맞을. 동요해서 자멸하다니."

물론 메나는 전혀 실패하지 않았습니다.

"이 추태는 나중에 갚도록 하고……. 뭐, 이래저래 예정이 틀어졌지만 대강 계획대로라예."

설마 자기가 결승전에 나가게 될 줄 생각 못했던 롤이었지만,

냉정하게 생각해서 자신이 이기는 길이 잔뜩 있다는 것을 재확인했습니다.

"연전을 치른 리호……. 적지 않게 힘을 소모했지예……. 그리고 저 녀석에게 마법을 가르친 것도 내라예……. 그리고 미스릴 의수의 공략법은 알고 있고."

뱀 같은 눈빛을 빛내면서 웃었습니다.

"나를 끌어낸 것은 칭찬해 주겠어예……. 하지만, 마지막에 성검을 얻기만 해면 아무 문제 없어예."

뱀이 천천히 기는 것처럼 스테이지 위를 향해 나아갔습니다.

"반드시 성검을 손에 넣어서 나는 더욱 높은 곳에 올라갈 거라예."

경기장은 열기에 휩싸여 있었습니다.

대륙 학생 마술대회 결승전 같은 이유가 아니었습니다.

무슨 수를 쓰든 성검을 손에 넣기 위해 지금의 직위를 버리고 학생으로 지위를 낮추면서까지.

매도의 말이 쏟아지지만 태연하게 변명도 없이 출전했다.

완전한 악역. 이 여자 롤 칼시페가 처음으로 싸움의 무대에 올랐으니까요.

객석에는 위험한 매도의 소리마저 날아다니고 있었습니다.

그러나, 객석의 열기와는 대조적으로 리호는 냉정했습니다.

한마디로는 표현할 수 없는 만감의 심정을 눈동자에 싣고서 롤을 바라보았습니다.

"무시라 무시라, 그런 표정을 다 하고."

롤은 동공을 연 눈으로 익살을 떨었습니다. 모든 것을 내던진 인간의 눈이군요.

"결판을 내자고, 롤."

"당신에게 승산은 없어예. 만에 하나도. 그 시대에 뒤처진 회복 마법이 특기인 무능한 교관 아래 붙은 게 불행한 일이라예. 하다못해 보통은 되는 마법사가 교관이라면──."

말이 끝나기 진에 리호가 말을 겹쳤습니다.

"그 회복 마법에 울게 될 거야, 롤."

눈을 동그랗게 뜨더니 송곳니를 드러내면서 웃습니다. 여유 있는 태도는 이미 사라졌습니다.

"말솜씨는 성장한 모양이라예."

시기를 봐서, 심판이 결승전의 신호를 외쳤습니다.

"대륙 학생 마술대회! 결승전! 시작!"

시합 개시와 동시에, 창백한 불꽃이 스테이지 중앙에서 춤추었습니다.

한쪽은 벼락, 한쪽은 불꽃.

동시에 격돌한 마법은 장대하게 터지면서 경기장 전체를 흔들었습니다.

그야말로 마술대회라고 할 수 있는 화려한 정면 격돌에 관객들도 충격에 지지 않는 환성을 질렀습니다.

호각의 승부.

──지금은 아직……입니다.

"이런, 이대로는 리호가 밀릴 기다."

"어, 어째서 인가요? 괜찮은 승부인걸요."

팔짱을 끼고 눈도 깜빡이지 않은 채 보는 콜린의 한마디에 셀렌이 견디지 못하고 물었습니다.

"그 성격 나쁜 롤이 바보처럼 솔직하게 정면 격돌을 할 리가 없대이, 마력 소진을 노리는 기다."

"그렇구나, 연전이었으니까요! 그에 비해서 상대는 마력을 온존했어요!"

걱정스럽게 바라보는 로이드.

땀이 송글송글 맺힌 리호는 시합 개시 뒤, 처음으로 그 자리에서 움직여 회피하기 시작했습니다.

정면 격돌을 기피했다. 자기 생각대로 되자 롤이 징그러운 웃음을 지었습니다.

"이제 마력이 빠듯빠듯한 모양이네예? 미스릴 의수는 연비가 나쁘니까예."

놓치지 않는다고 말하는 것처럼 그녀는 리호 쪽으로 쉴 틈 없이 불꽃의 마법을 사용했습니다.

리호도 반격은 했지만 섬광이 얇아졌습니다.

마력 저하, 영창 정밀도 저하. 언뜻 보기에도 열세입니다.

완전히 지친 기색을 본 롤이 일단 맹공을 중단하더니, 깔보는 시선으로 리호에게 말을 걸었습니다.

"점점 밀리네예……. 항복하는 게 어떤가예?"

"거절한다!"

억지를 부리는 리호에게 아직 여력이 있다고 봤는지, 롤이 다시 마법 영창을 했습니다.

"이제 그만 질려가네예……. 다음 일격으로 결정해 버리는 기라예."

롤의 손바닥에서 아까와는 비교도 안 될 정도의 업화가 소용 돌이쳤습니다.

"자아, 어떻게 나올……. 어라?"

리호의 움직임을 보고 롤이 눈을 동그랗게 떴습니다.

손에 업화를 두른 롤에 비해 리호가 영창하기 시작한 것은 조금 전의 벼락이 아니라——.

"——힐!"

놀랍게도 회복 마법이었습니다. 지효성 마법인지 리호의 몸 전체에 있던 상처가 조금씩 회복됐습니다.

"이거 이거, 회복 마법이라……."

대체 무슨 의미가……. 롤도 관객도 같은 생각을 했습니다.

"지구전으로 끌고 가면 이길 책략이 있다는 건가예? 혹은 단순한 블러프나 뭔가……."

떠보긴 했지만 리호의 태도는 변함이 없었습니다. 미스릴 의수를 이용한 회복 마법을 몇 겹으로 걸고 있습니다.

"뭐 좋아. 무슨 생각을 하는지는 모르겠지만예……."

롤은 손에 두른 업화를 지우더니, 다른 마법을 영창하기 시작했습니다.

그리고 뱀처럼 웃으며 송곳니를 드러내고서 소리 높여 선언했습니다.

"네 비장의 카드를 무력화해 주믄 끝이라예!"

말과 동시에 그녀의 발치에서 폭풍이 일어났습니다.

그리고 처음 위치에서 전혀 움직이지 않았던 롤이 단숨에 리호와 거리를 좁혔습니다.

"무슨!"

상상 이상으로 재빠른 움직임에 리호가 무심코 소리를 질렀습니다.

아마도 바람 마법을 이용한 고속이동──.

롤은 리호가 이해하기까지 그 잠깐의 틈을 놓치지 않고 육박하여 품속으로 파고들었습니다.

입술 뒤쪽까지 보이는 거 아닐까요?

그 정도로 씨이익 웃은 롤이 양팔로 미스릴 의수를 단단히 잡았습니다.

"이걸로 끝이라예, 쓰레기가."

속삭이는 악마의 목소리.

그 찰나, 미스릴 의수가 덜컥 소리를 내면서 떨어져 버렸습니다. 외곽이 바닥에 떨어져 구르고 보기에도 안쓰럽게 화상을 입은 가는 팔이 노출됐습니다.

"──────윽!"

채 말이 되지 못한 소리를 지르는 리호. 미스릴에 담은 마력은 아지랑이를 남기고 흩어져 버렸습니다.

그 모습을 보고 롤이 기쁨에 찬 모양입니다.

"달아준 게 내니께, 떼는 법도 알고 있는 거지예."

덜커덩 가벼운 소리를 내면서 굴러가는 미스릴 의수.

비장의 카드가 사라졌다.

사람들 모두가 그 순간 리호의 패배를 상상했습니다.

당연히 롤도 자신의 승리를 확신하고 황홀한 표정이라고 할 수 있는 웃음을 지었습니다.

참 슬프겠지. 그 얼굴을 보여 봐라.

그런 기분인지 롤이 리호의 얼굴을 들여다보았습니다.

그러나── 리호의 얼굴은 롤에게 뒤지지 않는 징그러운 표정을 짓고 있었습니다.

"할 거라고 생각했어……. 미스릴 의수를 무효화하는 거…… 그리고──."

"앙?"

"──기다렸지! 네가 무방비하게 다가오는 걸 말야!"

"무슨 말을 하는 건가예? 어설프게 허세를──."

"비장의 카드는 말야…… 이쪽 팔에 있거든!"

그 옆얼굴을 리호의 다른 팔이 있는 힘껏 때렸습니다.

의수가 아닌 그냥 여자애의 가는 오른팔── 그 가는 팔이 굉음과 함께 터졌습니다.

땅이 울리는 것에 가까운 진동과 연기가 피어올랐습니다.

두 번 세 번 교통사고라도 당한 것처럼 스테이지 위를 굴러간 롤과 리호, 저항 장비 덕분에 간신히 대미지가 줄어들었지만 그래도 상당한 충격이었는지 둘 다 좀처럼 일어나지 못했습니다.

롤은 다리를 다쳤는지 상반신만 들어 올렸습니다.

범상치 않은 동요. 방금까지 있던 여유가 날아가 버린 모양입니다.

"무슨 일이 일어난 거제! 뭐가!"

관객도 롤도 무슨 일인가 싶어 연기 속에 있는 리호에게 시선을 보냈습니다.

어디선가 외마디 비명이 들리고, 시선을 보내던 객석이 술렁거렸습니다.

"…………역시 아프네."

쓰러져 있는 리호——.

그 한쪽 팔, 의수가 아닌 쪽 팔이 뼈가 보일 정도로 터져 나가지 않았겠어요?

마치 그곳이 폭심지가 아닌가 싶은 상처.

리호는 이마에 비지땀을 맺고서 씨익 입가에 웃음을 지었습니다.

"이야아. 시대에 뒤처진 회복 마법이라고 했었나? 이래 봬도 뜻밖에 도움이 되거든."

"갑자기 무슨——."

"하지만 주의가 필요해. 상처 안에 이물질이 들어간 걸 눈치 못 채고 회복 마법을 걸어 버리면 그대로 상처가 아물거든. 돌멩이나 나무 조각 같은 게 몸 안에 남아 있는데, 언뜻 봐서는 알 수가 없어. 설령 그것이—— 마석이라도."

거기까지 들은 롤은 이윽고 자신이 뭘 당했는지 깨달았습니다.

숨을 삼킨 롤이 조심조심 말했습니다.

"헉…… 설마…… 마석을! 묻어 놨던 건가예!"

마석── 필로가 아까 했던 직접 상대를 때리는 전법. 영창도 술식 전개도 필요 없는 원시적인 전투 방식.

그것을 자신의 팔에 마석을 묻어 두고서 회복 마법으로 상처를 깔끔하게 막아 위장까지 하다니…….

"뭐, 회복 마법을 바보 취급한 당신에 대한…… 앙갚음이란 거야."

이기기 위해서라지만 생각을 하더라도 그런 짓을 할 수 있는가? 날붙이로 자신의 팔을 파헤치면서까지, 팔이 안쪽에서부터 너덜너덜해지는 것까지 각오하고서.

"자폭…… 인가예! 무승부를 각오하고!"

"아니아니, 그 부분도 잘 생각해 뒀거든."

다음 순간, 리호는 기운차게 일어섰습니다.

명백하게 롤보다 피해가 심했던 리호가.

무슨 일이 일어났는가? 그것을 깨달은 순간, 롤은 숨을 삼키며 놀랐습니다.

놀랍게도 조금 전까지 뼈가 드러나 있던 상처가 메워지면서, 이미 살짝 피부가 재생되기 시작했습니다.

"보험 삼아서 몇 겹으로 지효성 힐을 걸어뒀단 말이지……. 아프긴 했지만."

쓰러져 있는 롤 곁으로 다가갔을 때, 리호의 몸은 완전히 회복되어 있었습니다.

"설마…… 설마……. 소용없다고 생각했던 그 회복 마법에

그런 의미가!"

아직도 일어서지 못하는 그녀는 바닥의 모래를 움켜쥘 뿐이었습니다.

"형세 역전이네, 롤 칼시페."

공포. 롤은 대미지가 아니라 공포에 몸이 움츠러든 것을 깨달았습니다.

눈앞의 여자, 리호 플라빈에게 처음으로 공포를 품은 겁니다.

"그러면, 아직 시합은 끝나지 않았단 말이지."

입가에 웃음을 머금은 채, 흐느적, 리호가 롤에게 얼굴을 가까이 댔습니다.

유령처럼 걸으면서, 간신히 형상만 유지하고 있는 한쪽 팔을 늘어뜨리고 리호가 뭔가 입에 담았습니다.

"나, 그 땅에서, 거센 흐름을 불러내노라──."

그 거창한 영창에 롤이 몸을 움츠렸습니다.

"잠깐, 그건!"

"내 말을 제물 삼아──."

"상급 영창 마법……."

"악의를 계승하고자 바라는 자──."

"기다, 잠깐, 기다려! 기다려 주시라예! 지금 저항 장비도 전부 날아갔는데!"

"나를 따라──."

"봐, 봐라, 다리도 다쳤고, 이제 못 싸운다! 항복한대이!"

폭풍으로 멀리 날아가 버린 심판은 아무래도 환성 때문에 목소리가 안 들리는 모양입니다.

"대폭포—— 그대의 이름은——."

"지, 진짜 그만둬라! 아직 안 돼! 죽고 싶지 않다! 내 사과한다!
지금까지 한 일 전부 모두 한꺼번에 그러니까그러니까그러니
까——."

관객의 소리에 지지 않는 큰 소리를 지르는 롤.

"타이달 웨이브!"

"꺄아아아아아아아아아아."

리호가 귓가에 끝내는 말을 외치자, 깜짝 놀랐는지 큰 소리를
내면서 울부짖더니, 롤은 눈을 까뒤집고 거품을 물며 기절했습
니다.

"내가 상급 마법 같은 걸 쓸 수 있을 리 없잖아……. 마력도 텅
텅 비었는데."

거품을 물고 있는 과거의 언니뻘에게 결별의 표정을 보냈습니
다.

"뭐, 거짓말이 능숙해진 건 당신 덕분이지."

유유히 팔을 들고서, 승리선언을 하는 리호.

관객은 터질 것 같은 박수를 보냈습니다.

최악의 여자다. 그녀의 본성을 아는 인물은 뒤에서 평가합니다.

　롤 칼시페를 두고 하는 말입니다.

　그녀는 어린 시절, 고아원에서 살고 있었지만 보기 드문 마법의 재능을 보여 로쿠죠 마술학원에 특기생으로 입학했습니다.

　'다른 사람과 다르다', '나는 특별하다'. 그렇게 생각한 그녀는 자존심과 함께 성장했습니다.

　밝은 미래가 기다린다. 그렇게 믿어 의심치 않았습니다.

　……다만, 세상이 넓다는 것은 모두들 아실 겁니다.

　롤은 이른바 천재, 하나를 들으면 열을 알 수 있는 사람이었습니다.

　그게 당연했습니다.

　그러나 최고봉으로 불리는 학원은 하나를 들으면 열에 그치는 사람만 있는 게 아니었습니다.

　백을 알 수 있는 진짜배기 천재가 잔뜩 있었습니다.

　한편으로 서투른 사람도 있었습니다.

　서투른 사람은 분명하게 잘하는 것과 못하는 것이 있고, 제대로 되지 않는 것도 많았을 겁니다.

그러나 그만큼, 자신이 잘하는 분야에 아낌없이 노력을 쏟을 수 있습니다.

  학원 생활 첫해가 끝날 무렵에 그녀는 주위와 자신의 차이를 깨닫기 시작했고, 반이 지났을 즈음 그것이 돌이킬 수 없을 정도로 벌어진 것을 깨달았습니다.

  천재인 사람, 그리고 아래로 보고 있던 서투른 사람, 양쪽 모두가 그녀를 앞서나간 겁니다.

  콜린 스트라제를 필두로 한 가지에 특화된 동기가 주목을 받고, 인정받기 시작한 것도 그 무렵이었습니다.

  생각이 얕았다. 그것을 인정할 수 없을 정도로 그녀는 꼬여 있었습니다.

  뱃속 깊은 곳에 숨어 있던 그 자존심이 단숨에 바깥으로 흘러넘쳐서, 롤은 엉뚱한 방향으로 노력을 쏟기 시작했습니다.

  교관에게 아부하거나 다른 사람의 인상을 조작하기 시작했습니다. 동료의 다리를 잡아끄는 것도 불사한 그녀는 자신보다 재능이 있는 사람의 제적 처분이나 페널티를 제안했습니다.

  이런 수 저런 수를 사용해서 교관의 신뢰를 얻고, 필요하다면 그 교관조차 버리는 말로 삼았습니다.

  그녀는 어엿하게 로쿠죠 마술학원을 수석으로 졸업했습니다.

  그리고 그녀의 자존심은 멈출 줄을 몰랐습니다. 서쪽 나라의 마법성에 자신의 인상을 좋게 보여주려고 온갖 일에 손을 댔습니다.

  연구 자료 유출, 금기가 된 사령술의 습득…… 열거하자면 끝이 없습니다.

그리고 그녀는 드디어 젊은 나이에 로쿠죠 마술학원의 학원장에 올라가게 되었습니다.

올라갔다고 생각한 롤. 그러나 현실은 엄격했습니다.

서쪽 마술학원의 평가가 한참 내려가서 「최고봉」이라고 하기 어려운 학사가 되었습니다. 원인은 말할 것도 없이 롤 자신이 일으킨 부패 때문입니다. 서로 발목 잡기를 하는 게 당연하다는 풍조가 뿌리 내리고 만 겁니다.

그리고 나라에서는 롤의 약점을 쥐고 있었습니다. 수많은 악행의 증거를 쥐고 있다는 사실…… 평생 기르는 개 신세를 면치 못하게 된 것을 이해했을 때는 모든 것이 늦었습니다.

"이런 곳 따위, 내 전부가 아니다."

흘러든 소문에, 자신이 걷어차서 떨어뜨린 동기가 활약하고 있다는 이야기를 듣고서 그녀는 피가 나올 정도로 입술을 깨물었습니다.

"더욱 높은 곳으로 올라가야 하는 기라예."

최고급 의자에 앉아 있어도 자리가 불편한 롤은 걸핏하면 이런 말을 하게 되었습니다.

──네가 있을 곳은 이런 지위가 아니다.

──너에게 걸맞은 장소, 그야말로 영웅 같은 존재가 용납되는 장소가 있다.

──콘론…… 들어본 적 있지?

——롤 칼시페는 전설이 되기에 충분한 인물이다.

　　——거기 들어가려면 성검이 필요해…….

　"——윽!"

　롤이 눈을 뜨자 돌로 만든 천장이 시야에 들어왔습니다.

　입술이 메마른 소리를 냈습니다. 거품을 물고 쓰러져 오래 기절해 있었다. 그것을 짐작하고서 상체를 일으켰습니다.

　고개를 치켜든 뱀처럼, 날카로운 시선으로 주위를 둘러보니 아무래도 의무실인 것 같습니다. 축광(蓄光)의 마석이 주변을 비추고 옆에는 새로운 붕대를 감은 메나가 누워 있었습니다.

　바깥에서 어렴풋이 환성이 들렸습니다. 아무래도 수여식 같은 걸 하나 보군요.

　"——성검."

　원한이 담긴 목소리가 뱃속에서부터 나왔습니다.

　"성검."

　다시 말하는 롤. 그때, 의무실에 본래 출전할 예정이었던 로쿠죠 마술학원의 학생이 들어왔습니다.

　"하, 학원장님, 괜찮으세요?"

　아직도 롤을 학원장이라고 부르는 그는 쭈뼛쭈뼛거리는 태도로 그녀의 몸을 걱정했습니다.

　"괜찮을 리가 있겠어예? 일단 현재 상황 보고하이소."

　조용하고 어두운 목소리. 학생은 소름이 돋으며 겁먹은 어조로 지금 상황을 전했습니다.

"지금 성검은 우승 팀에게 넘어가고 있는 도중입니다."

"당장 빼앗을 수 있는 상황이 아닌가예…… 리스크가 너무 크네예."

자신의 손을 몇 번 움직였습니다. 일단 움직이지만 일을 크게 벌이기에는 불리하다. 그렇게 판단한 롤은 사고를 돌렸습니다.

(빼앗는다고 쳐도 화려한 수는 무리인 기라. 지금 나는 땅에 떨어신 거나 마찬가지, 움식일 수 있는 말노 석고──.)

거기까지 생각한 롤은 학생에게 질문했습니다.

"만일에 대비해서 사람들 눈에 띄지 않는 장소는 조사해뒀나예?"

"사우스 사이드의 낡은 등대가 쓰이지 않는다고 합니다. 주위에는 노숙자들밖에 없다고 해서……."

"그건 마침 잘 됐으예. 그래서, 성검을 뽑아낸 녀석의 정보는 얻었나예? 최악의 경우 그 녀석을 매수해서……."

"일단 조사를 해봤지만, 꽤나 성가십니다."

"성가셔예?"

손에 든 메모에 시선을 떨어뜨린 학생이 긴장하며 대답했습니다.

"아무래도 이스트 사이드의 마녀란 수상쩍은 작자가 얽혀 있는 것 같은데요. 어째서 성검이 이 대회의 경품이 됐는지, 그 부분의 정보가 완전히 끊어졌습니다."

"신변 정보는?"

"아무래도 동생 같은 애랑 둘이 산다고 합니다. 사이가 좋다고 주변에 소문이 자자한 착한 아이라고 해요. 상당히 약해서 과보호를 한다고 하는군요."

반대입니다. 지나치게 강해서 너무 위험하니까 주위에 폐가 안 되도록 세심하게 주의를 기울인 겁니다. 아, 그리고 살짝 흑심도 있고요.

"……그 마녀, 상당한 실력자라면 이쪽으로 끌어들이는 편이 좋겠네예……. 장기짝도 부족하니까."

그때였습니다. 의무실 문이 천천히 열리더니 정색한 필로가 소리 없이 나타났습니다.

"…………응."

롤은 필로를 상관하지 않고 학생과 대화를 이었습니다.

"어쨌든 이스트 사이드의 마녀에 대해서 조금 더 조사를 해 보그라."

부하에게 지시를 내린 직후, 필로가 "응." 말고 다른 말을 했습니다.

"…………알고 있어."

"니하고는 상관 없…… 아니 알고 있다고예?"

그 말에 뚱한 표정으로 고개를 끄덕였습니다. 그리고 두런두런 말했습니다.

"…………요전에 이스트 사이드에서…… 남자애랑 같이 살아."

"그라나! 필로는 대단하네예."

"……나도 살 예정."

"오, 오오. 그래예."

"⋯⋯⋯⋯그리고 장차 내제자부터——."

롤은 관자놀이를 누르면서 재빨리 필로의 이야기를 끊었습니다. 갑자기 같이 산다고 말을 꺼내기 시작하니까 이야기가 어디서 끝날지 알 수 없었기 때문이겠죠. 그것보다 듣고 싶은 것을 짚어서 질문했습니다.

"일있다 일있어⋯⋯. 그러면 거기 나약한 애가 있는 거 아나? 상당히 과보호하면서 소중하게 대하는 애인 기라."

"⋯⋯나약해?"

"아나. 그럼 마침 잘됐다. 가랑 친구니까 지금부터 말하는 장소에 좀 데리고 온나. 되도록 빨리."

낡은 등대의 장소를 설명하는 롤. 그러나 필로는 살짝 눈썹을 찌푸렸습니다.

"⋯⋯친구. ⋯⋯⋯⋯⋯⋯있었어?"

"시끄럽다! 있다! 지금 편지 쓸 테니까 기다리라 바보야!"

롤은 눈물을 지으며 거울 쪽에 있는 종잇조각을 한 장 집어서, 술술 문장을 쓰고 봉투에 넣었습니다.

"이걸 집에 두고서 데리고 온나. 그 마녀 씨에게 들키지 않도록."

"⋯⋯응? ⋯⋯들키지 않도록?"

"숨바꼭질이다. 아자미에서 유행하고 있는 기라."

적당하게 구슬린 롤이었지만 필로는⋯⋯.

"⋯⋯알았어."

간단히 납득했습니다.

(친구는 납득하지 못하는데 숨바꼭질은 납득하는 기가!)

소리 내어 불평을 하고 싶은 롤이었지만 말해 버리면 계획은 끝장납니다. 꾹 삼키고 차분하게 설명했습니다.

"다시 정리해 보자. 마녀가 소중히 여기는 애를 마녀한테 들키지 않도록 데리고 오는 기라. 편지도 살짝 놔두고 온다. 알았나?"

"……응."

평소처럼 한마디 대답하더니, 필로는 소리도 없이 바깥으로 달려갔습니다.

학생이 때를 봐서 불안한 표정으로 롤을 보았습니다.

"저 사람이 가도 괜찮을까요?"

"알고 있겠지만 실력은 상당히 좋은 기라. 그것밖에 못하지만 말이지."

"그리고…… 만에 하나 유괴가 들키면…… 롤 씨랑 제 입장이."

아무래도 학생은 자기 몸이 걱정되는 모양입니다.

"괜찮다. 성검만 손에 들어오면 아무 문제 없는 기라……. 편지에도 퀴논 자매라고 썼으니까. 일일이 걱정스러운 표정 안 지어도 된다."

곁눈질로 메나를 흘끔 보았습니다. 메나는 아직도 의식이 회복되지 않았는지 조용히 자고 있었습니다.

"좋아하는 언니가 자멸한 벌이다. 이 정도 도움은 되어야 안 되긋나……."

"저기…… 정말로 성검을 손에 넣으면, 저도 마법성에 취직 알선을 해 주는 건가요?"

이 소년은 아무래도 자신의 몸을 아끼는 요즘 학생인 모양이군요.

"마법성뿐이 아니다. 정부 쪽 일은 뭐든지 고를 수 있는 기라. 죽을 각오로 노력하면 말이지……. 맞다, 먼저 등대에 가서 해 줄 일이 있는데, 할 수 있긋나?"

"정부 쪽에 취직—— 네, 네! 뭐든지 할게요."

눈앞의 당근을 본 학생은 롤의 지시를 받더니 말처럼 달려갔습니다.

"그래, 죽을 각오로…… 하는 기라."

롤은 웃더니 소리도 없이 의무실을 나섰습니다.

이스트 사이드에 바람이 지나갔습니다.

흙먼지가 일어나고, 깜짝 놀란 할아버지의 다리가 풀리고, 지나가던 누나의 스커트가 둥실 떠올랐습니다. 아, 지금 화분 같은 것도 넘어졌네요.

그 정도 빠른 스피드로 필로가 경기장에서 이스트 사이드로 향하고 있었습니다.

아직 저녁 시간에 걸쳐 있는 무렵, 이스트 사이드가 번화가의 은밀한 분위기를 풍기는 시각은 조금 더 있어야 합니다. 사람들도 뜸하여 필로는 순식간에 목적지 부근에 도착했습니다.

"……숨바꼭질."

일단 롤의 말을 떠올린 필로는 모퉁이에 등을 기대더니 은밀 행동을 했습니다. 숨바꼭질이라기보다는 잠입 미션이군요.

"……나약한 남자애. ……있어?"

그 필로의 머리에는 로이드가 나약하단 인식이 없었습니다. 그야 그렇죠. 자신의 발차기를 가볍게 받아내고, 오늘은 언니인 메나에게 마법 승부로 이겼으니까요.

필로를 포함한 일부 사람들 말고는 메나가 영창에 실패해서 자멸했다고 생각하고 있지만요. 물론 롤도 그렇고요……. 필로의 인식과 차이가 생긴 것은 그 탓입니다.

"…………과보호할 정도로…… 소중히 하는 거."

어쨌든 확인해 보자. 다른 누군가가 있을지도 몰라. 그렇게 생각했습니다.

잠시 지나자 언덕 중간에 서 있는 낡은 배색의 약 항아리가 놓인 잡화점이 보였습니다. 그 잡화점입니다.

그곳에 도착한 뒤, 뒤쪽으로 돌아간 필로는 슥 일어서서 창문으로 안을 들여다보았습니다. 보통 사람이 등을 쭉 펴야 될 정도의 울타리가 있었지만 가볍게 도약. 이야, 닌자네요.

"…………마녀 씨는…… 어디?"

중얼거린 필로의 시선 끝에 상당히 기묘한 광경이 보였습니다.

일단 마리가 엎드려 빌고 있었습니다.

이것만 보면 평범한 광경(이 집에서는)이지만…… 그 다음 행동은 이해하기 어려웠습니다.

"죄송합다! 진짜 죄송합다!"

아무도 없는 테이블을 향해서 기우제를 지내는 것처럼 엎드려 빌기를 반복하고 있었습니다.

그리고 일어서더니 부드럽고 고급스러운 천으로 테이블 위에 있는 주먹 크기의 수정 구슬을 정성스레, 아부를 떠는 것처럼 꾸벅꾸벅 고개를 숙이면서 상냥하게 닦았습니다. 아무래도 수정구슬을 향해 엎드려 빌고 있던 모양이었나 봅니다.

잠시 지나자── 10분 정도 지나자 갑자기 배를 누르더니 가게 안으로 자취를 감췄습니다.

몇 분 뒤, 절망한 표정과 피폐한 몸을 끌고서 가게 안으로 돌아오더니 다시 같은 일을 반복했습니다.

"……………………뭐지?"

사정을 모르는 사람이 보기에는 기묘하기 짝이 없는 행동이죠. 물론 하고 있는 본인도 '왜 이런 짓을 해야 하는 거지?'라고 가슴 속으로 독설을 퍼붓고 있지만요.

필로는 이래저래 생각에 잠겼습니다. 그리고 롤이 한 말을 단편적으로 떠올리고 결론을 이끌어냈습니다.

"……과보호…… 소중한 애……."

눈앞에서 수정을 살살 다루며 닦고 있는 마리를 보고 뭔가 깨달은 모양입니다.

"……과연…… 저 수정이…… 소중한 애…… 분명히………조금 차기만 해도 부서져."

그거 기준이 좀 이상한데요…….

"……그리고…… 무기물이지만 친구…… 롤이라면 가능해. 완전 납득."

뜬금없는 결론을 내린 필로는 마리가 가게 안으로 가는 타이밍을 쟀다가 안으로 들어가고자 시도했습니다.

"…………실례합니다……. 열쇠는……."

빠직. 문손잡이가 부러졌습니다.

"……안 잠겨 있어……. 잘됐어."

잘된 게 아닌 것 같은데요.

그리고 가게 안에 침입하여 테이블 위의 수정을 품에 넣었습니다.

"…………편지."

필로는 롤이 말한 것처럼 편지를 테이블 위에 두고서 총총 달려 가게에서 나갔습니다.

——쌓여 있는 낡은 책이나 화분 등을 날려 버리면서요.

필로는 곧장 무시무시한 스피드로 롤이 있는 등대를 향해 가는 것이었습니다.

그리고 몇 분 뒤. 가게 안쪽—— 까놓고 말해 화장실에서 헬쑥한 표정의 마리가 고개를 숙인 채 돌아왔습니다.

"젠장하아알…… 그 로리 할망구…… 고대인의 지혜를 이런 것에 사용하다니…… 고대인도 고대인이라니까. 뭔데? 왜 신호를 재촉하는 룬 문자 같은 걸 남기는 거야."

이렇게 중얼중얼. 지금은 없는 녀석들에 대한 불평을 흘렸습니다.

"로이드 군에게 이런 모습을 보였다가는…… 시집 못 갈 거야……."

10분마다 화장실로 뛰어가는 여자애. 백년의 사랑도 절대영도로 식을 겁니다.

게다가 그 상냥한 로이드입니다. 10분마다 화장실에 가는 그녀를 보고 부드러운 미소를 지을 겁니다. 괜한 배려로 '건강하단 증거예요.'라며 커버해 줄지도 모릅니다.

"그게 오히려 괴로워……."

요즘 들어서 알몸이 돼서 바닥에 엎드리거나 성대하게 손톱을 깨무는 등 여자의 매력이 마이너스로 기울다 못해 측정기가 파손될 지경입니다. 그런 데다가 괄약근이 느슨한 캐릭터가 정착해 버리면 측정기는 수복이 불가능해져 버릴 겁니다.

마리가 한 번 탄식을 하더니, "자, 엎드려 빌기&수정 닦기 또한 세트다."라고 나른하게 시작하려던 때였습니다.

"흐걱!"

문득 뭔가에 발이 걸린 마리가 넘어졌습니다. 아무래도 약초를 키우던 화분이었는지 부드러운 부엽토와 자갈들이 바닥에 흩어져 있었습니다.

마리는 안면을 강타하면서도 테이블에 매달려 일어서고자 했습니다. 가슴에 달린 대모갑 브로치, 로이드에게 받은 소중한 브로치가 떨어진 것도 눈치 못 챌 정도로 지쳤습니다. 일어서는 게 고작이군요.

"왜 이런 곳에 화분이…… 하우!"

그 찰나, 신호의 파도가 마리의 복부를 덮쳤습니다.

그것도 지금까지 겪어보지 못한 빅 웨이브, 입니다.

타는 수밖에 없다, 이 빅 웨이브에! 하복부가 신나게 외쳤습니다.

"…………젠장맞으으으을!"

마리는 기어서 화장실로 향했습니다.

이번 전투는 길어진다. 그녀의 머릿속에 있는 장군이 정색하고서 장내의 전황을 분석했습니다.

그러면, 대회가 끝난 다음의 로이드 일행 얘기를 해 보죠.

리호가 승리하여 샤워처럼 환성을 받은 것도 잠깐이었습니다. 리호의 상태가 신통치 않아서 곧장 병원에 실려 가고 만 겁니다.

시합 중의 응급처치와 회복의 익스퍼트인 콜린의 시술로, 팔은 겉보기에는 완치됐지만 흘린 피와 마력 소모가 격렬해서 의식을 잃어버린 모양입니다.

표창과 수여식을 얼른 끝내고, 기자회견 등을 콜린에게 맡긴 일행은 리호를 병원으로 데리고 갔습니다.

그러는 중간에 로이드는 크롬에게 이런 말을 들었습니다.

"목숨에는 지장이 없지만 마리아 왕—— 어흠, 이스트 사이드의 마리 씨에게 포션이나 약을 받아와 주지 않겠나? 시판되는 것보다 좋으니까. 그리고 덤으로 우승 보고를 하고 오면 어떻겠나? 기뻐할 거다."

그러면 저도 가겠어요. 셀렌도 이렇게 말했지만 크롬이 검사를 위해서라고 하면서 병원으로 끌고 갔습니다.

그리하여, 천으로 감싼 성검을 옆구리에 낀 로이드가 일단 잡화점으로 돌아왔습니다.

도착한 것은 그 빅 웨이브 식후였습니다.

"다녀왔습…… 어라?"

평소처럼 안으로 들어가려는데 오른손이 허공을 지났습니다. 로이드가 시선을 돌리자 문손잡이가 뽑혀나갔지 않겠어요?

로이드가 눈썹을 찌푸렸습니다. 천천히 문을 열었더니 안에 쓰러진 화분이나 가구 등이 흩어져있고, 심상치 않은 모습이네요.

"다녀왔습니다…… 마리 씨?"

대답이 없습니다. 그녀는 지금 화장실에서 격투중이거든요.

그러나 그런 사정을 모르는 로이드는 이 참상을 보고 심장이 빠르게 뛰기 시작했습니다.

흩어진 가구, 대답 없는 집 주인.

불길한 예감이 로이드의 뇌리를 스쳤습니다.

문득 시선을 테이블로 돌리자, 그곳에 편지 한 통이 있었습니다.

어쩐지 낯익은 종이. 그 경기장에 있던 겁니다. 그것을 깨달은 로이드는 재빨리 그 편지를 펼쳐 읽기 시작했습니다.

문장은 이렇게 적혀 있었습니다.

──너의 소중한 사람을 데리고 있다.

──돌려받고 싶다면 어떤 수를 쓰든 아자미에서 성검을 훔쳐라.

──그리고 사우스 사이드의 옛 등대로 가지고 와라, 너라면 간단하겠지?

──퀴논 자매.

부들부들 떠는 로이드. 그때 문득 발치에 있는 뭔가를 발견했습니다.

"───────윽."

그것은 로이드가 마리에게 선물한 대모갑 브로치였습니다. 붉은색을 띠는 고급 대모갑이 주인 곁을 떨어진 탓인지 슬프게 반짝였습니다.

"한 번도 풀고 있던 적 없었는데."

소중하게 다뤄주는 것을 로이드는 참 기쁘게 생각하고 있었습니다.

이것은 이제── 뭔가 확신한 로이드의 등 뒤에서 무슨 소리가 났습니다.

가게 입구의 문이 열리는 소리. 그리고 그곳에는.

"실례합니다. 마리 씨 있습니까? 부끄러운 얘기지만 「치질」에 걸린 것 같은데 좋은 약 있을까요⋯⋯. 시판되는 것보다 강력한—— 로이드 공!"

　알란이 울적한 표정으로 나타났습니다. 그러나 로이드의 얼굴을 보고 표정을 바꾸었습니다.

　"알란 씨!"

　"로이드 고오옹! 이야 멋진 시합이었습니다! 보통 관객은 몰랐겠지만 로이드 공의 실력을 남김없이 발휘한 멋진 시합이었어요! 저는 흥분한 나머지 「지실」……예, 옛 상처의 통증이 도져서 이렇게 마녀 공이 있는 곳으로 찾아왔습니다! 벌써 돌아오신 겁니까? 축하 파티 같은 것은! 저도 부디 불러 주시면——."

　알란이 매끄럽게 축하의 말을 했지만 우승한 로이드가 어두운 표정인 것을 보고 뭔가 눈치챈 모양입니다.

　"알란 씨……."

　"로이드 공? 왜 그러십니까? 저라도 괜찮다면 가르쳐 주십시오."

　말해야 할까 말아야 할까? 약간 망설인 로이드였지만 시간이 없을지도 모릅니다. 그렇게 생각한 그는 차근차근 이야기를 꺼냈습니다.

　"그게…… 마리 씨가…… 유괴된 것 같아요."

　자아, 엉뚱한 방향으로 착각을 한 모양이네요. 무리도 아닙니다. 상황 증거가 이렇게나 모여 있으니까요. 유괴된 건 수정구슬 하나뿐이지만요.

"뭐라고요!"

"결승에서 싸운 상대가 어떻게든 성검을 가지고 싶은 모양이라서…… 그래서 팀의 일원인 저한테 성검을 훔쳐 오라고……."

분통함을 드러내는 로이드. 생각해 보면 아까 마리가 오지 않은 것을 신기하게 생각했을 때 움직였어야 했는데. 이런 후회가 들었습니다.

"분명히 졌을 때의 보험으로 마리 씨의 신변을 확보한 거겠죠. 안 그러면 객석에 없었던 게 설명되지 않아요."

배탈이 났을 뿐이라고 생각하지 못하는 것도 무리가 아니군요. 알란도 로이드의 이야기를 듣고서 정의로운 마음에 불이 붙었습니다.

"그런 놈들이 있다니!"

모범이 되는 좋은 반응이군요. 테이블도 쾅 두드렸습니다.

"어떡하죠? 리호 씨나 셀렌 씨도 병원이고…… 그리고――."

로이드는 고민했습니다.

가슴속으로는 성검을 롤에게 건네도 괜찮을까 하는 불안이 있었습니다.

아까 그 싸움을 다 망치는 행위를 나 따위의 결단으로――.

알란은 그 모습을 보고 뭔가 짐작했는지 차분하게 말했습니다.

"로이드 공 안에서는 벌써 결론이 나온 거군요."

"……."

침묵. 그것을 긍정으로 받아들인 알란은 용기를 돋우는 것처럼 말을 이었습니다.

"그래서, 성검을 멋대로 건네도 되는지 고민하고 있는 거지요……."

"아, 네……."

로이드의 조용한 모습을 보다 못한 알란은…….

"자신이 옳다고 생각한 곳으로 나아간다!"

갑자기 큰 소리로 외쳤습니다.

뜬금없는 그의 행동에 로이드는 눈을 부릅떴습니다.

"아, 알란 씨?"

알란은 방긋이 이를 드러냈습니다.

"저에게 그것을 가르쳐준 것은 로이드 공입니다. 저는 로이드 공의 강함도 그렇지만, 그 한마디에 반해서 제자가 된 거니까요."

"아하하…… 제가 강하다뇨……."

이런 때도 농담을 해 준다. 로이드는 그런 의미로 웃었습니다. 뭐 알란은 농담을 한 게 아니지만요.

그는 '몬스터가 무섭다'는 약함을 감추기 위해서 필사적으로 출세하고자 한 과거가 있습니다. 그리고 몬스터에게 공격받고 있던 참에 로이드가 구해 준 덕분에 그것을 극복한 겁니다.

"뭘요. 성검을 건넸다고 리호 녀석이 뭐라고 해도 신경 쓰실 것 없습니다. 그때는 저도 함께 혼날 테니까요."

가슴을 턱 두드리는 알란. 그 소리가 북을 치는 것처럼 로이드의 배에 울렸습니다.

"——윽! 저기!"

마리의 목숨과 성검, 어느 쪽이 소중한가? 로이드에게는 비교할 것도 없는 일이었습니다.

진지한 표정으로, 결심하고서 알란을 보았습니다.

"성검보다 마리 씨가 소중해요! 그러니까 마리 씨를 되찾겠어요! 협력해 주세요! 알란 씨!"

거한이 기다렸다는 듯이 활짝 웃었습니다.

"알겠습니다! 그러면 얼른 가지요! 뭘, 설령 함정이라고 해도 저랑 로이드 공이 있으면 타파할 수 없는 일은 없습니다!"

"……그렇네요! 얼른 가요!"

성검을 꾹 움켜쥔 로이드. 두 사람은 발 빠르게 사우스 사이드의 옛 등대로 향했습니다.

사우스 사이드의 창고 거리 한 구석, 이제 쓰이지 않는 낡은 등대의 방 하나에 롤이 자리를 잡고 있었습니다.

해가 완전히 기울어서 오렌지색 햇빛이 온화하게 물결치는 작은 파도에 반사되어 참 예쁩니다.

그 해에 지지 않을 정도로 얼굴이 홍조된 롤이 분노를 드러냈습니다.

손에는 수정. 필로가 착각한 끝에 가져온 물건입니다.

"…………나약한 아가 이거라고예?"

"…………아니야?"

"아니다 이 바보! 어떤 이유로 꼬맹이 하나를 수정 구슬로 착각하는 기가!"

"…………소중히 하고 있었어."

"그야 마녀라고 할 정도니까 소중히 다룰지도 모르지만……
너한테 부탁한 내가 멍청했네……."

블랙기업의 권력 남용 정형구를 전혀 망설이지 않고 쓰는 롤
입니다. 사내 상담실에 상담할 수 있는 안건이지만 필로는 그런
거 전혀 신경 안 쓰니까요. 뚱한 무표정. 표정근이 평소와 같은
포지션에 자리하고 있었습니다.

"…………응."

집무 책상에 엎드린 롤은 관자놀이를 누르면서 불평했습니
다.

"칫……. 어째서 이렇게 일이 안 풀리노……."

롤이 독설을 뱉은 순간, 아까 경기장에 있던 학생이 이쪽으로
다가왔습니다.

"롤 씨, 방금 들어온 정보에 따르면 마녀 집에 살고 있는 꼬마
가 어떤 남자와 함께 성검을 들고 이리 오는 중이라 합니다."

뜻밖의 말에 롤이 눈을 부릅떴습니다.

그리고 무엇보다 예상 밖이었던 것이──.

"……………………윽! 로이드!"

평소에는 상상할 수 없는 필로의 반응이었습니다. 마치 재미
있는 것을 발견한 어린애처럼 등대의 창에서 몸을 내밀고 콩알
만 한 모습을 응시하고 있었습니다.

"하아? 안 보이는디? 쌍안경, 쌍안경………… 어, 필로?"

롤이 쌍안경을 찾는 동안, 필로가 창틀에 섰습니다.

높이 수십 미터, 바닷바람이 저녁 해에 물든 머리칼을 흔들었습니다. 그런 그녀의 얼굴에는…….

"……………………………………………………응."

희열. 입가에 듬뿍 웃음을 머금고, 눈가에도 기쁨이 흘러넘쳐서 마치 다른 사람 같은 모습을 보고 롤이 놀랐습니다. 그리고 ──.

"어, 잠깐! 필로!"

"…………연장전."

수십 미터 높이의 창문에서 필로가 뛰어내렸습니다. 등대의 벽을 차고 창고 거리의 지붕을 달려서 순식간에 사라져 버렸습니다.

필로의 변모에 어안이 벙벙해진 롤이었지만, 일이 잘 풀려가기 시작한 것을 떠올리고 금세 차분함을 되찾았습니다.

"뭐 좋다. 필로가 그 녀석을 해치우면 문제 없지예. 성검은 나중에 회수하면 된다. 그런데 뜻밖에 이 수정이 참으로 소중한 거였던 긴갑네."

롤의 뱀 같이 사악한 모습이 수정에 비쳤습니다.

이건 뜻밖의 횡재. 그렇게 생각하고는 수정을 소중하게 집무 책상 서랍에 넣고 학생을 돌아보았습니다.

서늘함이 느껴질 정도로 상냥한 웃음이었습니다.

"어, 어떻게 할까요? 학원장님."

한순간 소름이 돋았겠죠. 학생은 조심조심 롤을 살폈습니다.

"······적이 그 둘뿐이라고 장담할 수는 없는 기라······ 필로가 실수를 해도 괜찮도록······. 아아, 몇 명 모았나?"

"노숙자는 50명이 조금 넘습니다. 계단 아래에서 당신의 지시를 기다리고 있어요."

"그건 참······ 일을 잘 처리했으예."

"아, 아뇨. 대단한 건 아닙니다. 그리고 이제부터 정부에 추천을 받을 몸으로서 이 정도는──."

"아아, 분명히······ 로쿠죠 마법성이나 정부에서 일을 하고 싶다고 했지예."

"그래요! 저 같은 하위 성적의 학생은 어디서도 거들떠보지도 않아요."

열기가 담긴 학생의 말.

그러나 그 말은 롤에게 닿지 않았습니다. 해가 완전히 저물어 수평선에 별이 보이기 시작한 것을 바라보며 혼잣말을 했습니다.

"함께 온 남자의 정체가 뭔지 걸리지만 때가 됐네예······. 밤의 어둠이 감싸는 시간이 가장 나한테 좋은 시간이라예."

"저, 저기?"

학생이 의문을 품었습니다. 눈앞에서, 이미 신록의 계절인데도 무슨 냉기가 떠돌기 시작했습니다.

"아아, 놀라지 않아도 괜찮다. 이런 항구에는 뜻밖에 많다 하니까예, 갈 길을 잃은 영혼이라는 게."

"여, 영혼이라면?"

"불행한 사고, 그 밖에 이런저런 사건. 뭐 학교에서는 가르치지 않는 지식인 기라."

학생은 소름이 돋는 것을 필사적으로 참았습니다. 깨닫고 보니 롤이 그의 눈앞에 있었습니다.

외마디 비명을 지르는 것도 한순간, 롤이 가만히 그의 머리에 손을 올렸습니다.

부모가 자식을 달래는 것처럼 상냥한 손놀림.

그러나 롤의 표정은 뱀 그 자체처럼 추악했습니다.

"아아, 그런가예? 좋아하는 타입인갑네. 이렇게 니한테 달라붙다니, 그러면 꼭——."

뱀이 커다란 입을 벌리고 웃었습니다.

"씌워야겠으예."

그 찰나, 학생은 공허한 표정으로 신음했습니다. 의지 같은 것이 전혀 없는, 어슴푸레한 눈으로 롤을 가만히 바라보았습니다.

"오랜만에 육체를 받은 기라. 어디 사는지 모를 사령 씨. 내 말을 잘 들어주이소."

작게 떨면서 미약하게 반응하는 학생.

"이 바깥에 오는 녀석들을 덮쳐 주소."

그리고 작게 떨면서 무거운 발걸음으로 바깥에 나갔습니다.

"어디 그럼 앞으로 50명 정도 되나예…… 이거 참 고생스럽겠으예."

전혀 싫지 않은 음성을 내면서 롤이 계단 아래로 내려갔습니다.

"모든 것을 해결하는 성검을 위해서니께……. 사령술을 실컷 발휘해 주는 그지예."

해가 떨어지고, 사우스 사이드의 항구에 사람들이 줄어들었습니다.

이 시간, 어부들의 발길은 노점이나 술집으로 향합니다. 바다 사나이들의 아침은 이르니까, 얼른 뱃일을 마치고서는 한잔씩 즐기고 있을 무렵이군요.

로이드와 알란은 가볍게 달려서 사람이 없는 항구로 갔습니다.

이윽고 바닷바람을 맞으며 조금 낡은 돌바닥에 발을 들였습니다.

창고 거리 변두리. 지정된 장소는 낡은 등대.

가로등의 축광 마석도 오래도록 교체를 안 했는지 약한 빛을 뿜었습니다.

"그러고 보니 요즘 창고 거리는 거의 쓰이질 않아서 이제는 노숙자들의 모임터가 되었다고 들었지."

이끼가 낀 나무 상자나 그물. 방파제에는 따개비 같은 조개류가 빈틈없이 서식합니다……. 알란이 쇠퇴한 풍경을 보고 떠올린 것처럼 말했습니다.

"……어디 창고에 마리 씨가 있을 지도 모르겠어요."

진지한 표정으로 지정된 곳으로 가는 로이드. 머릿속은 온통 마리의 안부를 걱정하는 마음으로 가득했습니다.

"그렇군요—— 우오오?"

그때였습니다. 갑자기 하늘에서 뭔가 날아왔습니다.

함정 같은 건가 경계하던 알란은 눈에 힘을 주고 날아온 그림자를 노려보았습니다. 그러자.

"…………."

파카에 실용적인 두꺼운 바지. 모델 같은 체형의 여성 필로가 무표정하게 알란을 보았습니다. 학생 마술대회의 객석에서 봤던 알란은 그 마석으로 직접 때리는 여자를 보고 경악했습니다.

"너, 너는 마술대회 때!"

"…………."

필로는 금세 알란에게서 시선을 돌리더니 무시하고 로이드에게 다가갔습니다.

흥미를 보이지 않자 멍해진 알란.

로이드는 한 걸음 앞으로 나섰습니다. 평소 보이지 않는 험악한 표정입니다.

그리고 필로는——.

"…………아하."

웃었습니다.

로이드는 한순간 동요했지만, 금세 진지한 표정으로 마리에 대해 물었습니다.

"편지, 읽었어요."

"…………편지?"

"시치미 떼지 마세요!"

로이드의 거친 목소리를 처음 들은 알란은 온몸의 털이 곤두섰습니다.

참고로 필로는 시치미 떼는 게 아닙니다. 내용은 모르니까요.

"마리 씨는 어디 있나요! 가르쳐 주세요!"

필로는 고개를 갸웃거렸습니다. 마리는 잡화점에 있으니까요. 함께 사는 사람이 어째서 그런 걸 묻는 걸까?

분명히 배를 누르고 화장실에 몇 번이고 왔나 갔다 했습니다 —— 아까 본 것을 어렴풋하게 떠올린 그녀는 이렇게 대답했습니다.

"…………글쎄…… 하지만…… 그런 것보다."

필로의 입가가 올라갔습니다.

황혼의 어둠을 등진 필로. 그 미소는 마치 악귀처럼 요염했습니다.

"…………나랑 싸우자!"

다음 순간, 그녀는 땅을 달렸습니다.

땅바닥에 닿을 듯 말 듯, 낮은 태클.

투우 같은 기세로 로이드를 치었습니다.

"윽!"

로이드는 양팔로 그것을 막았습니다.

충격으로 가로등이나 돌바닥, 그곳에 있던 모든 것이 흔들렸습니다.

로이드는 돌바닥에 다리가 파고들었지만 태클의 기세를 완전히 누그러뜨렸습니다.

필로는 잠깐 놀란 표정을 지었지만 금세 입가를 일그러뜨리며 웃는 표정으로 돌아왔습니다.

 "…………아하."

 "뭐가 우스운가요!"

 로이드에게서 떨어지더니, 다시 시작한다는 것처럼 자세를 고쳤습니다.

 "…………메나를 이긴 모습을 보고 확신했어……. 목숨을 건 사투를 벌이기에 걸맞은 상대라고."

 "모, 목숨?"

 아하. 웃은 필로가 긍정의 뜻을 표했습니다.

 "……무도가는 죽을 장소를 찾는 법——."

 ——촤악!

 상단, 중단, 다리 후리기. 열화처럼 뿜어지며 덮치는 발기술을 로이드는 꼼꼼하게 막아냈습니다.

 "무슨 말을 하는지 잘 모르겠어요! 애당초 제자라니! 그리고! 갑자기 승부를 하자니요!"

 "……더욱 높은 곳을 노린다…… 그렇게 생각하고 제자로 지원했지만 지금은 달라……."

 눈을 부릅뜨고 생생한 표정을 지은 필로는 거친 목소리로 말했습니다.

 "……무도가로서 종착점에 걸맞아! 로이드 벨라돈나!"

 필로의 붕권—— 정중앙을 어엿하게 노린 중단 지르기가 처음으로 로이드의 몸을 꿰뚫었습니다.

"——로, 로이드 공!"

로이드의 몸이 기역자로 꺾이는 것을 보고, 알란이 견디지 못해 소리쳤습니다.

뒤늦게 충격파. 찌릿찌릿 공기가 흔들리고 물러진 창고의 벽에 금이 갔습니다.

두 사람은 간격을 벌리고 서로의 얼굴을 마주보았습니다.

로이드는 아쓰다기보다는 난처한 표정.

그 표정을 본 필로는 더욱이 입가를 끌어 올렸습니다.

조용한 창고 거리에 와르르 벽이 무너지는 소리가 울렸습니다.

다음 순간——.

로이드의 몸에서 지금까지 본 적이 없는 기운이 뿜어져 나와, 알란과 필로는 등골이 서늘해졌습니다.

온몸이 서늘해지는 기백, 그것을 두르고서 로이드는 천천히 말했습니다.

"싸워 줄 수도 있어요…… 다만 한 가지…… 부탁이 있어요."

"…………응."

"제가 이기면, 마리 씨가 어디 있는지 가르쳐 주세요!"

잠시 시간이 지나고, 필로는 천천히 고개를 끄덕였습니다.

"……그 정도로 괜찮다면."

한편 알란은 충격으로 엉덩방아를 찧은 채 당혹하고 있었습니다.

"이게 뭐냐? 사람끼리 부딪힌 충격이 아니잖아……."

© Nao Watanuki

불쑥. 그런 그 앞에 로이드가 천으로 감싼 성검을 아무렇게나 내밀었습니다.

"죄송해요, 알란 씨. 성검을 부탁할게요."

"저, 저요?"

"이 사람이 노리는 건 저뿐이에요……. 하지만 어떤 비겁한 수단을 쓸지 알 수가 없어요! 성검을 빼앗기지 않도록 이 자리에서——."

로이드가 잘라 말하기 전에 필로가 눈앞에 다가왔습니다.

두 사람이 신호도 없이 마주 섰습니다.

로이드보다 키가 큰 필로. 로이드가 올려다보는 상태가 되었습니다.

잠시 지난 뒤, 두 사람은 주먹을 교차했습니다.

내리친 주먹과 하늘로 향한 주먹.

닿은 순간 공기가 터졌습니다. 커다란 4톤 트럭 타이어가 파열된 것 같은 충격. 가까이 있으면 고막이 터졌겠죠.

알란은 그 충격에 뒤로 날아갔습니다.

"……진짜냐!"

무도 경험자인 알란이 보기에 두 사람의 펀치는 거의 사람이 뿜어내는 것이 아니었습니다.

특히 로이드는 허리는 쓰지도 않고 팔로만 휘두른 공격.

그걸로 이런 일이 가능한 건가 생각한 찰나, 필로의 몸이 튕겨 올라갔습니다.

"…………으으윽!"

도약. 슬렌더한 몸이 황혼에 춤추고, 고개를 내밀기 시작한 흐릿한 달빛을 가로막았습니다.

필로는 그 높이를 한껏 살려서 내리쳤지만, 로이드는 피하지 않았습니다.

"으윽!"

양팔로 받아냈습니다.

필로는 더욱 하늘에 떠올라 몸을 뒤틀고, 내려찍기를 뿜었습니다. 차는 다리가 어둠에 떠오른 칼날처럼 보였습니다.

"크으!"

이것도 받아냈습니다.

충격을 버티지 못한 돌바닥에 균열이 생기더니, 방파제에서 서서히 물이 침식하기 시작했습니다.

"……아차."

필로는 균열에 다리가 걸리는 게 싫었는지 로이드에게서 거리를 벌렸습니다.

"──알란 씨! 이 틈에!"

"아, 넵!"

넋이 나가 있던 알란은 로이드의 외침에 제정신을 차리고 무너진 바닥을 주의하면서 성큼성큼 달려갔습니다.

로이드가 알란의 등을 배웅한 것도 잠시.

필로는 천천히 로이드에게 걸어왔습니다. 살의를 담은 웃음을 짓고 있네요.

(……마리 씨를 위해서, 꼭 이겨야 돼……. 하지만……. 내가 이길 수 있을까?)

로이드는 콘론 마을의 여자애가 장난삼아 툭 쳤다가 뼈에 금이 간 것을 떠올렸습니다. 뭐…… 약하다는 것 이전의 문제입니다……. 콘론 마을은 아예 기준이 다르니까요.

그녀, 필로는 아직 봐주고 있다. 자기 평가가 워낙 낮은 로이드의 생각입니다.

그래서 그는 어떻게든 이길 수단을 생각했습니다.

(하지만, 꼭 이기고 싶어! 뭔가…… 뭔가 좋은 생각이…….)

그때였습니다. 그의 시야에 허리 높이의 나무 상자가 들어왔습니다.

(윽! 이거다!)

뭔가 떠올린 로이드는 곧장 나무 상자를 들어 올렸습니다.

"…………그걸로 때려? 낡은 나무 상자로?"

서로 손이 닿는 거리까지 상자를 들고 온 로이드의 거동을, 필로가 주의 깊게 관찰했습니다.

"영차."

그러나 그걸로 때리는 게 아니라, 로이드는 필로의 눈앞에 나무 상자를 살며시 놓았습니다.

영문을 모르겠단 표정의 그녀 앞에서 로이드가 나무 상자 위에 팔꿈치를 올렸습니다.

"……그건?"

"파, 팔씨름으로 승부해요!"

필로는 그제야, 로이드의 자세가 암 레슬링—— 팔씨름의 형태란 것을 깨달았습니다.

그러나 그건 알겠는데 어째서 팔씨름으로 결판? 필로는 고개를 갸웃거렸습니다.

로이드는 허둥대며 이렇게 말했습니다.

"제, 제가 살던 마을에서는 이럴 때…… 팔씨름으로 결판을 내는 풍습이 있어요! 우리 할아버지가 그랬어요!"

물론 거짓말입니다. 어떻게든 이기고 싶은 로이드가 거짓말을 했네요.

"……할아버지?"

필로가 별 뜻 없이 물었습니다.

그러나, 로이드의 대답은 그녀에게 놀랄 만한 말이었습니다.

"저를 키워준 할아버지가, 피리도 할아버지인데요."

다음 순간 필로의 표정이 일그러졌습니다.

"————으으윽."

"저, 저기?"

"…………고향…… 어디?"

틈을 주지 않고 질문.

"제 고향은—— 콘론 마을이에요!"

그 찰나, 달밤에 필로의 웃음소리가 울렸습니다.

"…………아하………… 아하하하하핫!"

거짓말이 들켰나? 로이드는 그렇게 생각했지만 아무래도 그녀의 웃음은 다른 뜻인 모양입니다.

본래 응할 생각이 없던 그녀는 모든 것을 짐작한 표정으로 나무 상자에 팔꿈치를 올렸습니다.

"응해…… 주는 거군요, 다행이다."

로이드는 모를 겁니다. 로이드를 키운 조부가 필로가 속한 유파의 창시자라는 것을. 그리고 전설의 영웅 귀신 피리도라는 것을.

──자신의 마을이 전설이라고 불리는 것을.

"…………그 강함의 모든 것을 납득했어! 응답할래! 당신 마을의 규칙으로!"

꽉 마주 잡은 두 사람의 팔.

"레디……."

필로의 목소리……. 그리고.

"고~!""

쩌억! 서로의 발치에 금이 갔습니다.

초인들이 팔씨름을 하는 충격으로 돌바닥이 더욱 무너졌습니다.

비명을 지르는 나무 상자.

"으그그그."

"크으으으으."

그때 땅이 기울면서 로이드의 몸이 무너졌습니다.

"……지금이다!"

필로가 찬스라는 듯 모든 체중을 실었습니다.

"크으!"

손등이 땅에 닿으려는 다음 순간이었습니다.

"아직이야!"

로이드는 발로 땅을 꿰뚫었습니다.

손등이 닿기 전에 땅을 가라앉힌 겁니다.

바닷물이 뿜어져 나오는 가운데, 로이드는 몸을 반전시켜 필로와 함께 날아올랐습니다.

"우우!"

"…………이럴 수가!"

달밤에 물보라와 함께 떠오른 두 사람.

공중을 춤추면서, 서로의 위치를 뒤바꾸는 공방을 반복했습니다.

먼저 땅에 닿는 쪽이 패배.

그리고 땅까지 앞으로 몇 센티.

위에 있는 것은——— 필로였습니다.

"이겼———."

승리를 확신한 필로의 웃음.

그 찰나, 로이드는 옆으로 왼손을 내밀었습니다.

"———에어로!"

폭풍.

땅바닥에 닿을락 말락 한 곳에서 두 사람의 몸이 옆으로 날아갔습니다.

그리고 필로의 등에는 낡은 창고.

"그럴 수가——."

"우오오오오오!"

1번 창고라고 쓰인 벽에 필로가 부딪혔습니다.

그 벽을 가볍게 돌파하고, 창고를 날려버리면서—— 2번 창고에.

3번 창고.

4번 창고.

5번 창고의 벽까지 가고서야 간신히 그 기세가 멈췄습니다.

부서진 창고의 조각이 온몸에 들러붙은 두 사람.

벽을 주르륵 미끄러져서

——필로의 손등이 툭 먼저 떨어졌습니다.

※팔씨름입니다.

간신히 팔씨름(이거 중요)에 이긴 로이드는 커다랗게 안도의 한숨을 쉬었습니다.

"후우, 설마 도시의 팔씨름이 이렇게 액티브하다니…… 하지만 이겼다아."

그리고 차분함을 되찾은 로이드는 자신의 손바닥을 가만히 바라보았습니다.

"내가 마법을…… 제대로 썼어……."

완전히 몰입하여, 마리를 구하고 싶다는 마음으로 사용한 초

초급 마법 에어로.

"그렇구나. 하면 할 수 있어……. 이런 글러먹은 나라도……
누군가를 위해서 노력하면."

──뭐 딱히 글러먹은 게 아닌데 말이죠. 딴죽을 거는 것도 못
난 짓이겠죠. 로이드에게는 커다란 자신감으로 이어지는 것 같
으니까요.

그래서, 마리 씨가 어디 있는지 물어봐야지…… 로이드가 생
각한 순간이었습니다.

벌떡!

"──윽."

필로가 갑자기 몸을 일으켜 덮쳤습니다.

"아차! 도시 룰에선 기절시켜야 하는 거구나!"

그런 지역 한정 룰은 어디를 찾아봐도 없어요.

로이드가 자신의 물러 터진 생각을 후회했습니다.

그러나 필로의 상태는 좀 달랐습니다.

뭐랄까 그게── 달콤한 느낌이군요.

"……결혼하자."

"잠깐 기다려 주세요! 네? 어째서요?"

"……콘론 마을 사람이라면 이 목숨을 평생 맡길 수 있어…….
그리고 동문의 무도가, 결혼하는 것 말고 떠오르질 않아."

영문을 몰라 당혹하는 로이드는 일단 필로를 떨쳐냈습니다.

"도, 동문이라뇨?! 그, 그것보다! 마, 마리 씨한테 가야 돼요!
제가 이겼으니까 마리 씨가 어디 있는지 가르쳐 주세요!"

필로에게 마리가 어디 있는지 묻는 로이드, 그녀는 천연덕스레 대답했습니다.

"……허가 필요해? 그럼, 같이 잡화점 가자."

"어, 잡화점?"

"…………응."

그리고 필로는 지금까지 있었던 이야기를 시작했습니다. 화상실 부분은 마리를 배려해서 생략했지만요.

그 설명을 들은 로이드는 이래저래 착각한 것을 반성하고, 마리가 무사한 것에 안도했지만──.

"어, 아, 그럼 알란 씨──."

로이드는 황급히 등대 쪽을 돌아보았습니다.

한편 알란은 달리면서 그 자리에 있었던 것을 후회했습니다.

말려들었다간 몸이 위험하다는 것도 있습니다만.

"……너무 달라."

수준 차이를 인식했기 때문입니다. 로이드뿐 아니라 필로에게도.

조바심이 나는 가운데, 그는 달렸습니다. 지금 자신이 할 수 있는 일.

"……언젠가, 나도 저 경지까지 갈 수 있을까……? 아니, 갈 거다!"

알란은 그렇게 말하면서 열심히 사우스 사이드를 달렸습니다.

"일단은 로이드 공이 이길 때까지, 이 성검을 반드시 지켜내겠어!"

괜히 흐트러지는 마음을 억누르고, 자신이 가르침을 청한 사람이 부탁한 일을 해내고 싶다는 마음 하나로 달렸습니다.

그리고 어둑한 창고 거리의 좁은 골목을 빠져나가 달리더니, 탁 트인 장소에 나왔습니다.

"방파제 같은 건가?"

알란이 혼잣말을 했을 때였습니다.

불쑥. 누군가 알란의 길을 막아섰습니다.

"뭐야?"

그것은 대회 때 보았던 로쿠죠 마술학원의 학생복을 입은 남자였습니다. 그러나 얼굴에는 생기가 없고, 그저 무슨 목적이 있는 건지 배회하고 있었습니다.

알란이 시야에 들어왔는지, 흐느적 다가왔습니다. 손에는 녹슨 단검.

"헤헤헤…… 마침 잘됐어. 나는 지금 힘의 차이를 보게 되어 짜증 나던 참이었거든."

알란은 전투 도끼를 손에 집자마자, 힘으로 때려 박았습니다.

울분을 풀고 싶다는 것도 있었겠죠. 떼쟁이처럼 아무렇게나 공격했습니다.

제대로 맞은 남자는 그대로 드러누워 쓰러지게 되었습니다.

"그래. 내가 상대해 주마……. 스트레스 발산이다, 자식아!"

두 번, 세 번, 전투 도끼를 휘두르고서 허공을 향해 포효했습니다.

"몇 명이든 덤벼라 자식아아아!"

그 포효에 이끌린 건지 뒷골목에서 우글우글 비슷한 분위기의 남자들이 나타났습니다.

통일감은 없지만 노숙자들 같은 차림새인 사람들입니다. 무기를 들었거나 들지 않은 사람들이——.

우글…… 우글…….

——대략 50명 정도.

"좀 너무 많지 않냐 자식아아아!"

그는 제법 솔직한 인물이거든요.

놀라움의 포효……라기보다 절규를 한 알란의 등 뒤에서 뛰어드는 그림자가 있었습니다.

아까 날아가 버린 학생입니다. 아까보다 민첩한 움직임으로 알란을 붙들었습니다.

"말도 안 돼! 그걸 제대로 맞고서도 기절하지 않은 거냐!"

놀라면서도 날려 버렸습니다. 등을 돌바닥에 부딪혔지만 그 남자는 전혀 물러서지 않았습니다.

"뭐야? 뭔가 이상한 약이라도 한 건 아니겠지이! 이쪽도 일단은 군인이거든! 체포해 버릴 수도 있다!"

반응 없음. 체포란 말에 조금이라도 물러서 주면 좋을 텐데, 라는 생각도 했습니다만 생각이 완전히 빗나가 버렸습니다.

"——젠장! 이렇게 되면 알게 뭐야! 모조리 베어 주겠어! 각오해라!"

성큼성큼 적진을 향해 돌진하는 알란. 맨 앞 사람을 향해서 풀 스윙을 하려고 한 순간이었습니다.

팟—— 퍼어어엉!

섬광. 그리고 폭풍이 알란의 눈앞에서 울렸습니다.

"우오오오!"

로이드 공이 이쪽으로 온 건가? 아니면 새로운 적? 자세를 잡으며 폭풍이 뿜어져 온 방향으로 눈길을 돌렸습니다. 그곳에는
——.

"그럼 안 돼. 사령술이란 건 그릇이 기절하면 완전히 몸을 차지해서 움직임이 좋아지거든."

듬직함과는 거리가 먼 익살스러운 목소리—— 붕대를 감은 메나가 그곳에 있었습니다.

"너, 너는…… 물 마법을 쓰던! 로이드 공과 싸우다가 캐릭터 붕괴했었지!"

캐릭터 붕괴라고 하자 뭔가 간지러운 기색으로 목덜미를 긁적였습니다.

"우~ 실수했네……. 본색을 보인 게 몇 년 만이지……? 정말이지 롤이 필로를 속이는 걸 옆에서 듣고는 황급히 잡화점에 가서! 편지 남겨 둔 거 보고 여기 왔단 말이야! 전부 롤 잘못이야! 고소하면 이길 수 있어!"

깽깽 짖어대는 메나를 보고 알란이 관자놀이를 눌렀습니다.

"괜찮아? 상사한테 거역한 거잖아."

"아무리 상사라도 내 동생을 이용하려고 하면 안 되지…….

좀 혼쭐을 내 줘야겠어."

아무래도 그녀는 필로를 이용한 것에 역정이 난 모양입니다. 그것을 짐작한 알란이 협력을 청했습니다.

"그러면, 마녀 씨 구출에 협력해 줘!"

알란의 한마디에 메나가 놀란 표정을 보였습니다.

"어? 구출? 마리 씨는 잡화점에 있었는데. 뭐 어떤 의미로 무사하지 않았지만……."

"무슨 뜻이지?"

"그게 휴지가 없어서…… 아차 한눈팔지 마. 다음 왔다."

"우오오!"

대화하는 와중에 알란의 공격에 날아갔던 몇 명이 뛰어들었습니다.

한 사람, 두 사람. 날아가고서도 계속해서 공격해오는 남자들에게 알란은 근처에 있는 술통이나 나무 상자를 던져 그들의 움직임을 늦추었습니다.

"제법이잖아. 꼴사나워도 마법사를 지킨다. 너는 방패 역할의 재능이 있어!"

"태평한 소리 하고 있네! 마법사라면 아까 그거 한 번 더 해 봐!"

태평한 메나에게 알란이 독설을 퍼부었습니다.

"무슨 말이야. 네가 활약할 부분을 만들어 줬잖아……. 라는 건 잇츠 조크(It's joke)."

"뭐야?"

알란의 얼빠진 대답에 메나가 입가에 미소를 지었습니다.

"물 마법의 스페셜리스트에게 바닷가에서 싸움을 걸다니 어리석음의 절정이지."

메나가 가리킨 쪽을 천천히 돌아보는 알란. 그곳에는――.

"저 커다란 건 뭐야! 무, 물 몬스터?"

폭이 10미터쯤 되는 거대한 물의 흐름이 넝쿨처럼 주위의 남자들을 묶고 있었습니다.

"물뱀 소환 마법이야……. 아까 그 섬광과 폭풍은 저걸 소환하기 위한 부차적인 것에 지나지 않지."

"그 폭풍이…… 덤이냐?"

메나라는 존재의 끝 모를 저력에 알란은 어깨를 떨겼습니다.

"이대로 아침까지 묶어 두면 사령도 금방 퇴치될 거야……. 왜 풀이 죽었어? 배 아파?"

"이야아…… 세상은 참 넓구나 싶어서…….."

로이드뿐 아니라 필로, 메나에게 잇달아서 힘의 차이가 있다는 걸 보고 말았습니다. 의기소침한 것도 무리가 아니죠.

"무슨 말이야, 아직 젊은 주제에! 그리고 인간은 힘이 전부가 아니라니까. 완력만 가지고는 사람들을 이끌어갈 수가 없어."

"일류 마법사님의 의견, 아무것도 없는 제 가슴에 스며드는군요."

"그래그래. 그럼, 스며들었다면 바보 같은 짓 하고 있는 롤을 혼내주는 거 도와줘."

"이렇게 무력한 나라도 필요하다면야 기꺼이."

"……본질은 그렇게 나쁜 사람은 아닐 텐데 말이야. 그 사람도……. 눈을 떠 준다면 다행이지만……. 어이쿠. 상사의 책임은 부하가 지는 거야. 아, 반대구나. 아하하."

메나는 한순간 실눈을 부릅뜨고 멀리 빛나는 등대를 노려보더니 금방 본래의 익살스러운 표정으로 돌아갔습니다.

롤 칼시페는 그 광경을 등내 위에서 쌍인경으로 바라보고 있었습니다.

입가를 부들부들 떨면서 쌍안경을 슬쩍 내리더니, 저주처럼 혼잣말을 했습니다.

"메나 녀서억……. 배신하다니……. 방해할 셈인가예?"

모든 것이 악수(惡手). 오늘, 아니 따지고 보면 리호가 도망치고, 아니 애당초 마술학원이── 등으로 책임 전가를 끝도 없이 한 다음, 분통함을 쌍안경에 풀었습니다.

깨진 렌즈를 신발로 몇 번이나 짓밟고 어깨를 들썩이면서 앞으로의 일을 생각했습니다.

"마술학원의 학장 지위는 없어졌다……. 아자미에서 저지른 실수는 언젠가 대륙에 퍼질 기라."

그리고 자신에게 들려주는 것처럼 말을 이었습니다.

"그래서 어쨌다는 건가예……. 그런 것쯤, 성검만 손에 들어오면…… 더욱 높은 곳으로 이끌어줄 텐데……."

롤은 결심하고서 뒤에 서 있는 빙의된 남자들에게 명령을 내렸습니다.

"여기 있는 모두가 내가 도망칠 퇴로를 확보해라. 죽어도 상관없는 기라."

공허한 눈동자의 남자들은 고개를 끄덕이지도 않고 계단 아래로 걸어갔습니다.

"그래. 나한테는 사령술도 있는 기라. 이 빚은 반드시 갚아준다. 그리고 언젠가 반드시 성검을───."

그리고, 그때였습니다.

그녀가 등을 기대고 있던 집무책상이 덜컥, 으직, 불온한 소리를 내기 시작했습니다.

수상스레 생각한 롤. 책상에서 몇 걸음 떨어지더니 무슨 일인가 의문스레 바라보았습니다.

"……잠깐, 뭔가예? 벌레? 분명히 저 안에는───."

마녀에게서 빼앗은 수정이─── 그렇게 생각한 순간이었습니다.

"아아아아아아로이드으으으!"

어엿한 집무 책상을 호쾌하게 두 동강 내면서, 마치 복숭아에서 태어난 모모타로처럼 귀여운 여자애가 나타났습니다.

물론 모모타로하고 달리 제대로 옷을 입고 있었습니다. 하얀 옷자락이 낙낙한 로브에 귀여운 흑발 트윈테일. 열 살도 안 되는 용모─── 콘론의 촌장, 알카입니다.

그녀는 몇 번이나 일을 땡땡이치고 로이드를 만나러 간 탓에 마을 사람들의 분노를 사서 조금 전까지 수확 등의 농사에 종사하고 있었습니다. 일하느라 참 수고하셨네요.

그리고, 로이드 결핍증에 걸린 알카는 이제야 겨우 해방되어 문자 그대로 날아와서 나타난 겁니다.

그러나 설마 그 순간이동의 게이트인 수정이 낯선 곳에 있는 것은 몰랐던 거겠죠.

어슴푸레한 곳을 몇 번 둘러본 다음, 알카는 가까운 곳에 있는 롤에게 다가갔습니다.

"로이드는 어디 있니?"

"뭐어? 니는 누군데?"

"로이드는 어디 있니?"

"내가 모르는 사이에 숨바꼭질이라도 하고 있었나예? 정말이지 귀찮은 때에——."

"로이드는 어디 있니?"

말이 안 통하네요. 롤이 핏대를 세웠습니다.

"알게 뭐고! 입 다물라, 이 꼬맹이!"

스으……. 방의 공기가 차가워졌습니다.

"그렇구나. 뭐 하는 녀석인지는 모르겠다만 내가 로이드를 만나는 걸 방해할 셈이로구나."

아무래도 알카는 정상적인 사고를 못하는 상황인 모양입니다……. 아, 아니, 그렇다고 평소에는 정상적이었냐 하면 뭐라고 대답하기 어렵지만요…….

무슨 소리냐는 롤 앞에서, 알카는 종횡무진으로 문장을 그리며 술식 전개를 시작했습니다.

"——이, 이건…… 고대 룬 문자아!"

어째서 그런 거창한 마법을.

어째서 이렇게 나이도 어린 여자애가.

사고가 따라잡지 못한 롤은 그저 경악할 뿐이었습니다.

"로이드으으으으!"

이날 낡은 등대에 몇 년 만에 빛이 밝혀졌습니다.

물론 그냥 빛이 아니라──.

……콰아아아앙.

덤으로 대폭발.

알카가 뿜어낸 충격파가 하늘을 꿰뚫고 밤하늘로 사라졌습니다.

"저게 뭐야!"

그 광경을, 이제 막 돌입하려고 하던 알란과 메나가 불꽃놀이를 올려다보는 것처럼 멍하니 서서 보았습니다.

"……용병 생활을 오래 했지만 말야. ……저런 마법 쓰는 녀석 처음 봤어."

빛 속에서, 뭔가 검은 것이 후두두둑 바다에 떨어졌습니다.

"……저거 사람이네."

그 가운데 하나는 이쪽으로 날아왔습니다. 어째 낯익은 양복을 입은 물체는 꼴사납게 공중을 헤엄쳤습니다.

두 사람 머리 위를 통과하는가 싶더니 쌓여 있는 나무 상자에 머리부터 처박혔습니다. 아무래도 쓰이지 않는 긴 그물 같은 것이 들어 있었는지 목숨은 건진 모양이네요.

"호, 혹시 롤?"

"어, 그 롤 칼시페냐?"

설마하고 생각하면서 움찔거리고 있는 발을 당겨 뽑아내자 앞니가 부러진 뱀 같은 여자가 눈을 까뒤집고 기절해 있었습니다. 오늘 두 번째로군요.

"정말로 롤 칼시페군……."

"대체 누가 이런 짓을……."

문득, 건너편에서 "이쪽에서 로이드의 냄새가 나는구나아아아." 하는, 어디서 들어본 목소리가 들렸지만 알란은 다른 것을 걱정하기 시작했습니다.

"어이, 그러면 아까 본 검은 그림자들은……."

"으~음. 사령에 빙의된 사람들일지도. 바다에 떨어졌으면 까딱하면 빠져 죽을지도 모르겠네."

담담하게 말하는 메나에게 알란이 거친 목소리로 말했습니다.

"위험하잖아! 구하러 가야지!"

"어? 그럴 필요가 있어? 듣도 보도 못한 녀석들을── 말을 좀 들어라!"

메나의 말을 마지막까지 듣지 않고, 알란은 바다에 뛰어들었습니다.

"노숙자든 뭐든 상관없잖아! 이 녀석들은 죄다 롤인지 뭔지 하는 사람한테 속은 거잖아! 죽게 내버려둘 수는…… *끄아아아!*"

바다에 떨어져서도 절찬 빙의된 사람들이 물에 빠지는 것도 상관하지 않고 알란에게 덤벼들었습니다.

"잠깐, 기다, 주, 죽어! 살려줘어어!"

이거 참. 메나는 질겁하는 어조였지만 입가에는 미소를 짓고 있었습니다.

"뭔데⋯⋯. 아무것도 없다는 것치고는, 사람을 끌어당기는 매력이 분명 있잖아."

메나는 쓴웃음을 지으면서 알란 일행과 노숙자들을 구하기 위해, 천천히 술식 전개를 시작했습니다.

로이드 팀이 우승하고 며칠이 지났습니다.

아자미 사관학교가 우승했다! 매일 같이 화세 만발! ……이될까 했더니, 현실은 그렇지 않았던 모양입니다.

"하아아아아."

아자미 왕국 군사시설의 병원에서, 콜린은 크게 한숨을 쉬었습니다. 부상 치료를 위해 입원 중인 리호는 침대에 누워서 삼백안으로 그녀를 보았습니다.

"대령님……. 부상자 앞에서 그런 한숨 쉬지 마요."

주의 따위 신경 쓰지 않고, 그녀는 신문을 펼치고 음독하기 시작했습니다.

"특종! 성검 마을의 성검은 가짜였다! 관광 산업을 조종한 성검 마을 악덕 사장의 민낯이란! 돈에 눈먼 자들을 만들어낸 정부의 태만에 다가간다!"

어째선지, 화제가 완전히 성검 마을의 실태나 관계자와의 유착에 주목이 모이고 있었습니다.

"아마 성검이 뽑힌 다음에 가짜 성검으로 얼버무리고 있던 게 발각돼서 관계 각처가 분노해서 폭로를 한 거겠죠."

보도를 이용한 보복…… 대규모 회사는 굉장한 짓을 합니다.

그 보도 조치 덕분에 마술대회는 이제 완전히 덤이 되었습니다.

"그래서 뒷면은 이거대이. 심야의 옛 등대, 수수께끼의 대폭발. 천재지변의 전조? 아무래도 좋지만 왜 이런 타이밍에 폭발하는 기가! 분위기 좀 파악해라! 좀 참을 수 없었나!"

못 참았겠죠. 로리 할망구의 욕정.

"——폭발이라아."

"한숨도 쉬고 싶은 법이래이⋯⋯. 사관학교 일은 구석에 쬐만하다 아이가. 오히려 4컷 만화가 지면이 더 큰 기라."

그리고 리호는 그 이야기와 별개로 마음속 어딘가에 응어리가 남았습니다.

"⋯⋯롤도 그 폭발 현장에 있어서 다쳤다고 들었는데요."

"아아, 아무래도 그 현장에 있었단 모양인 기라. 어차피 뭔가 나쁜 일 꾸미고 있었을 기다."

"그런가요⋯⋯. 성검을 어째서 바랐는지 정도는 물어보고 싶었는데요."

목숨마저 위협받는 입장이었던 리호는 그 성검의 용도가 납득이 안 가는 모양입니다.

"인제는 속보를 기다려야 안 하겠나? 같은 병원에 입원하고 있지 않나? 나중에 물어보러 가자."

"⋯⋯그런가요."

"그래서, 리호. 팔 회복은 순조롭나?"

"네. 회복 마법 덕분에 이쪽 팔은 이제 완전히 나았어요."

"그래……. 의수는 어떻고?"

"이쪽도 순조로워요. 아직 제 상태는 아니지만 마력을 무리해서 썼기 때문이죠……. 까놓고 말해 입원한 것도 너무 거창한데요."

그렇게 말하며 투박한 의수를 움직였습니다. 기름을 안 친 기계처럼 어색한 움직임이었습니다.

"오오 움직인대이. 그치만 붙여 놨더니 본래대로 돌아가는 걸 보면 참 신기한 소재인기다."

"의사가 말하기로는 몸이 미스릴에 상당히 익숙해졌기 때문이라고 해요. 꼬박 5년을 이 녀석이랑 같이 지냈으니까요. 지금은 처음 무렵처럼 어색하지만 금세 본래 움직임을 되찾겠죠."

"괜찮나? 보통 의수를 쓰는 선택지도 안 있나?"

"뭐, 그것도 생각은 했는데요. 목숨을 위협받을 이유도 사라졌고, 무엇보다——."

문득 리호가 뭔가 떠올리고 말했습니다.

"이 의수를 멋있다고 말해 준 녀석이 있거든요."

생긋 웃는 리호. 그 온화한 미소에 이끌려 콜린도 웃었습니다. 뭔가 속뜻이 있는 웃음이긴 했지만요.

"아하~아. 멋있다고 말해 준 녀석이라…… 로이드 군이가?"

아주 간단하게 핵심을 찔러 버린 콜린에게 리호는 전력으로 항의했습니다. 그 투박한 미스릴 의수로 어깨를 단단히 붙잡아 버렸습니다.

"대, 대려어엉님!"

"아니 어쩐지 그렇게 생각한 것 뿐이래이……. 으아야야야! 리, 리호! 수, 순조로운 건 알았대이! 봐주래이!"

"자, 잘 들으세요! 나는 딱히 로이드가 뭐라고 말해서 그런 게 아니고! 이 미스릴 의수를 유용하게 써서! 한탕 벌어 보려고! 로 이드가 한 말하고는 상관없어요!"

벌써 긍정의 대답을 한 거나 다름없네요.

그런 대화를 나누고 있는데, 타이밍이 좋은 건지 나쁜 건지 로 이드 군 등장입니다.

조심스러운 기색으로 병실 문을 열더니 "중요한 얘기 중인 가?" 혼잣말을 하고 천천히 들어왔습니다.

"실례합니다. 병문안 왔는데요……. 리호 씨? 저 불렀어요?"

"로, 로이드! 아, 아니 별로!"

당황하는 리호. 그런 그녀를 셀렌이 로이드 뒤에서 수상스럽 게 바라보았습니다.

"정말인가요? 혼자 자는 게 쓸쓸해서 로이드 님의 이름을 불 러 버렸다……. 그런 괘씸한 짓은 안 했나요?"

"그럴 리가 없잖아, 셀렌 양! 너랑 똑같다고 생각하지 마!"

평소 같은 태도의 리호를 보고 로이드가 웃었습니다.

"건강해 보여서 다행이에요. 아, 이거 병문안 과일 세트예요."

로이드가 웃으면서 과일 바구니를 들었습니다. 사과에 바나 나에 포도 같은 과실이 튼튼한 바구니에 담겨 있었습니다.

"감사하세요. 꽤 비쌌으니까요."

셀렌이 말하면서 그것을 붙잡더니 나이프를 꺼내 사과 껍질을 깎기 시작했습니다.

"아아, 고마워. 셀렌 야——."

"자, 로이드 님 아~앙."

망설임 없이 로이드의 입가에 사과를 옮기는 셀렌을 보고 리호가 한쪽 눈썹을 추켜올렸습니다.

"…………입원한 나를 주는 거 아니었어?"

"꽤 비싼 돈을 냈으니까 이 정도 이득은 있어야 마땅하답니다!"

넌더리가 나서 뭐라고 말을 못하는 리호의 입가에 로이드가 사과를 내밀었습니다.

"괜찮아요. 잔뜩 있으니까요……. 자, 리호 씨 아~앙."

곧장 리호의 얼굴이 빨개졌습니다. 이거 참 놀랄 정도로 알기 쉬운데요. 옆에 앉은 콜린이 싱글싱글 웃었습니다.

"그게…… 아, 아~앙."

사양하는 기색으로 입을 작게 벌리는 리호. 사과가 입으로 이동하는 다음 순간이었습니다.

쉬릭, 딱!

셀렌의 허리춤에 감겨있던 벨트가 리호의 입을 단단히 틀어막았습니다.

"우급! 푸하! 너, 너 이 자식! 갑자기 뭐야!"

간신히 벨트를 떼어낸 리호가 필사적으로 불평을 했습니다.

"어머나. 저주받은 벨트가 미끄러져 버렸답니다. ……그러니까 리호 씨는 한 턴 패스인 것 같으니, 그 아~앙은 제가 달게 받아들이겠어요. 로이드 니임!"

셀렌이 벨트로 하트 모양을 만들면서 황홀한 표정으로 사과를 소망했습니다. 꿈틀거리는 붉게 얼룩진 벨트…… 무슨 요괴 같네요.

"이 녀석, 기어이 저주받은 벨트를 뜻대로 조종할 수 있게 됐어……."

"참말로 괴물이 다 되어삣네. 셀렌……."

이번 대륙 학생 마술대회에서 가장 성장한 사람은 아마 셀렌이겠죠. 마법과는 전혀 상관없다는 게 좀 그렇지만요.

그리고—— 이 대회에 연관된 사건에서 가장 명성을 올린 사람이 나타났습니다.

"여어! 건강하냐? 여자 용병……. 늦어서 죄송합니다, 로이드 공!"

알란이 손에 병문안 선물 같은 것을 들고 병실에 들어왔습니다. 급하게 왔는지 살짝 땀을 흘리고 있군요.

"그렇게 고개 숙이지 않아도 괜찮아요, 알란 씨. 그래서 취재는 끝났나요?"

"아, 네. 이야, 취재라고 해도 매번 비슷한 내용으로 대답하는 것뿐이지만요."

취재라는 단어를 들은 셀렌이 무슨 일인가 고개를 갸웃거렸습니다. 벨트도 함께 물음표 형태를 만들었습니다.

"취재? 이 남자에게 어째서 취재죠?"

"참말로 셀렌은 로이드 군 일 말고는 흥미가 없대이……. 봐라."

콜린이 신문을 넘겨 기사를 가리켰습니다. 1면은 아니지만 커다랗게 인쇄된 알란의 사진이 보였습니다.

"드디어 지명 수배가 된 건가요?"

"스토커인 너한테 듣고 싶지 않군……. 나 참. 이런 느낌으로 실린 건가?"

그러는 알란도 뭔가 맘에 안 드는 느낌입니다. 아무래도 그 기사에 켕기는 거라도 있는 걸까요?

궁금해진 셀렌이 그 기사를 읽었습니다.

"알란 토인 리도카인…… 등대 폭발 사건 때 주변 주민을 신속하게 구조! 군인의 귀감! 이건 뭔가요?"

"읽은 그대로래이. 아무래도 그때 알란 군이 현장에 있었나 본데, 바다에 빠진 노숙자들을 구했다 안 카나."

"마술대회의 우승이 화제가 안 된다고 생각한 군 상층부가, 이쪽을 미담으로 푸시할 생각이 가득한 기다……. 잘됐대이, 알란 군. 출세할 수 있다."

콜린이 어깨를 두드리자 알란은 더욱 복잡한 표정을 지었습니다.

"이런 형태로 출세하는 건 본의가 아닌데…………. 세상일은 마음대로 안 되는군."

"내심 기뻐하는 거 아냐? 취재도 신나서 받고 사진도 포즈 취하면서."

"카메라맨의 말재간에 넘어가서 말이지——."

"포즈 취한 거야?"

말없이 고개를 끄덕이는 알란, 지금 아자미 왕국에서 가장 멋없는 남자라고 생각합니다.

"그런데 실력이 동반되지 않는 출세 필두 알란 씨, 뭔가 병문안 선물은 없는 건가요?"

"벨트 공주…… 그 앞부분 말 그만두지 않으면 너한테는 안 준다."

게슴츠레한 눈으로 셀렌을 노려본 다음, 알란이 손에 든 주머니를 들었습니다.

"거창하게 말하고서 미묘한 거라면 가만두지 않을 거예요. 아, 과일은 이미 있으니 다른 것이 좋겠어요."

"……왜 네가 평가하는 건데? 흥, 뭐 좋다."

잘난 태도로 말하는 셀렌을 곁눈질하면서 알란은 이상하게 자신만만했습니다.

"헤에, 자신 있다는 표정 아이가. 알란 군."

"네, 요전에 여자 마음을 모른다는 말을 들은 끝에 지독한 꼴을 당했으니 이번에는 오명을 씻기 위해 철저하게 리서치를 했습니다!"

사나운 웃음. 그리고 자신만만하게 주머니에서 물건을 꺼내 테이블 위에 턱 놓았습니다.

모두의 눈에 들어온 것은, 노란색 액체에 잠긴 병에 든 오이——피클이었습니다.

"자, 먹어라! 『카페 점장 특제 피클』 1개월치다!"

"————그래."

리호의 반응은 참으로 담백했습니다. 얼굴이 굳었군요.

"어? 어라? 안 기쁘냐?"

셀렌이 게슴츠레한 눈으로 독설을 뱉었습니다.

"병문안에 피클……. 아무리 그래도 센스란 게……. 지방 귀족의 명성에 먹칠을 하는군요."

"너, 너한테 지방 귀족 운운하는 말은 듣고 싶지 않은데, 벨트 공수! 그리고 리호 너, 좋아하잖냐! 엄청난 기세로 먹어 치웠다던데. 카페에서 별명이 『피클 씨』가 됐다고 들었거든!"

"…………아, 그래."

오히려 그날 무리해서 먹었더니 엄청 싫어졌다……라는 걸 조사할 수는 없었겠죠. 묵념.

알란은 말없이 눈물지었습니다. 입술도 막 떨리는데요.

"뭐, 실력이 동반되지 않는데다가 분위기도 파악 못하는 출세 필두 알란 씨는 내버려두고……. 그때 로이드는 뭘 했어?"

뭔가 이상한 말이 늘어났지만 대꾸도 못하는 알란은 내버려두고 리호는 궁금하던 부분을 물어봤습니다.

질문받은 로이드는 조금 부끄러운 기색이었습니다.

"저기…… 부끄러운 이야기지만…… 이것저것 착각을 해서…… 필로 씨랑 싸우고 있었어요."

"…………필로. 그 역겨운 무표정 여자 말이군요. 물론 원형이 사라질 정도로 두들겨 패서 스트로베리 스무디 같은 액체 상태로 배수구에 흘려보내셨겠죠, 로이드 님!"

개인적인 원한을 감추지도 않는 셀렌 옆에서, 콜린이 미안한

기색으로 끼어들었습니다.

"그게, 실은 너희한테 하고 싶은 말이 있는 기다……."

"……응."

그 타이밍입니다. 병실 입구에서 무슨 소리가 났습니다. 다들 그쪽을 주시.

그곳에는 무표정하게 아무 기척도 없는 여자애가—— 필로 퀴논이라는 걸 깨달은 순간에 옆에서 언니인 메나가 나타났습니다.

"에헤헤, 와 버렸어."

말 안하고 찾아온 여자 친구처럼 함박웃음을 지은 실눈의 소녀가 나타났습니다.

"……와 버렸어."

필로는 말없이 로이드에게 안겨들었습니다.

"우와아! 피, 필로 씨!"

꼬옥하는 귀여운 소리가 아니라, 우지직 빠지직하고 뼈와 인체에 커다란 피해가 나올 법한 위험한 소리가 울렸습니다.

"이 녀석 필로. 까딱하면 복합 골절로 입원할 정도로 끌어안으면 안 돼."

"……여기 병원."

"아~. 그랬지. 그럼 괜찮네."

"괜찮을 리 없잖아! 야!"

강아지를 보고 힘 조절 못하는 어린애처럼 끌어안았습니다. 정색한 표정으로. 물론 셀렌 일행이 그것을 용납할 리 없었습니다.

"크아아! @##$%^"

언어중추가 또다시 망가진 셸렌. 저주받은 벨트가 역동적이네요.

그때 틈을 주지 않고 메나가 폭탄발언을 했습니다.

"필로, 그렇게 끌어안으면 안 돼. 앞으로 동급생이 될 거니까 실례하면 안 되지."

"""뭐어?"""

콜린 말고 다른 일동이 얼빠진 소리를 흘렸습니다. 그것을 수습하려는 듯 어흠 헛기침을 한 번 한 콜린이 설명을 시작했습니다.

"그러니까 말이다. 이번에 전학을 오게 된 필로라고 한대이. 다들 사이좋게 지내래이."

"어째서인가요? 납득할 수 없어요!"

"이야, 내도 사정은 잘 모르겠대이."

그 말을 보충하는 것처럼 메나가 말했습니다.

"음~. 부탁해 봤더니 어째선가 군 상층부가 두말없이 오케이했어."

로이드를 빼앗겨서 아쉬운 기색인 필로를 상냥한 눈빛으로 보았습니다.

"……스승이랑 함께 있는 게 좋아."

날카롭게 노려보는 셸렌. 필로는 개의치 않고 로이드를 끌어안고자 했습니다.

"이런 느낌이지만 착한 아이니까 잘 부탁해. 아아, 그렇지. 가끔 실력 테스트로 남자애한테 싸움을 걸고 재기불능으로 만들지도 모르니까 주의해. 아하하."

메나의 터무니없는 발언에 콜린이 입가를 씰룩거렸습니다.

"……아아, 그건 안 된대이……. 그리고 그런 애를 맡게 된 것이……. 너희 감시 역할 부탁한대이."

콜린은 거기까지는 몰랐는지 "터무니 없는 녀석을 맡게 됐다."고 한마니 흘리너니 로이드 일행에세 떠님겼습니다.

"직접 처리해 주세요. 저와 로이드 님은 엮이기 싫어요! 이런 손해를 보는 캐릭터는 크롬 대령의 역할 아닌가요! 근데 크롬 대령님은 오늘 안 왔나요?"

셀렌이 뜬금없이 묻자 메나가 대답했습니다.

"크롬 대령은 지금 성검을 왕성의 보물창고에 넣으러 갔어."

메나의 말에 리호가 뭔가 짐작한 모양입니다.

"헤에, 당신이 알고 있다는 건…… 다음 직장은 아자미 왕성이야?"

"응. 이 나라는 마법사 인재가 부족이라고 하길래. 필로의 학비도 벌어야 하니까, 뭔가 좋은 일이 없을까요 하고 물어봤더니 —— 근위 마술사 직위를 받았어."

그 말을 들은 리호가 감탄한 목소리를 흘렸습니다.

"진짜냐! 용병이 근위 마술사 직위를 얻는 거 꽤 힘들거든? 이 무뚝뚝 여자 편입도 그렇고 무슨 연줄이라도 있어?"

"그건 기업 비밀…… 이라기보다 솔직히 잘 모르겠단 말이지."

"……평소 행실이 좋아서 그래."

필로의 말에 메나가 쓴웃음 지었습니다.

"아니, 아무리 그래도…… 요즘에 좋은 일을 한 건 휴지를 건네준 것 정도인데……."

"휴지?"

"아니, 이건 그래도 상관없겠지…… 아마 대회의 공적일 거라고 생각하는데……."

하기는, 설마 일국의 왕녀님이 화장실에 휴지가 없을 때 산뜻하게 휴지를 건네준 답례로 직위를 내려줬다고는 아무도 생각 못할 겁니다.

어쨌든 같은 마법사인 콜린이 새로운 동료를 환영했습니다.

"오, 그럼 마법사 동료가 늘어난 기가! 이야, 대화가 통하는 사람이 좀처럼 없었대이! 앞으로 잘 부탁한다."

"오케이! 여동생이랑 같이 잘 부탁해요."

"……내제자가 안 된다면, 역시 남편으로……."

"이 자식이이! 그 포지션은 결단코 양보 못해요!"

붕붕 울리는 저주받은 벨트를 가볍게 쳐내는 필로. 복서의 펀칭볼처럼 리드미컬한 동작이군요.

"……좋은 트레이닝, 또 부탁하고 싶어."

"저는 트레이닝 머신이 아니랍니다! 로이드 님의 반려예요! 미래의!"

"…………정말로 잘 부탁해……."

"긍정적으로 선처해 보겠대이."

그 소동을 어쩐지 즐겁게 바라보는 자신을 깨달은 리호가 쓴

웃음을 지었습니다.

"아아⋯⋯. 즐겁다는 게 이런 기분이구나⋯⋯."

조용히 중얼거린 말은 아무도 듣지 못했습니다.

거금을 손에 넣든 맛있는 밥을 먹든 경마에 이기든 얻지 못했던 충족감에 몸 어딘가가 간지러운 리호였습니다.

──휙.

"으그!"

충족감으로 느슨해진 그녀의 입 안에 뭔가 달콤한 과일이 들어왔습니다.

뭐야? 사과?

돌아보니 평소처럼 부드러운 미소를 지은 로이드가 침대에 몸을 내밀고 아~앙을 해주고 있었습니다.

"에헤헤, 빈틈이네요. 리호 씨."

그 해맑은 미소에 평소의 삼백안을 부릅뜨고 고개를 숙여 버렸습니다.

"가, 갑자기 무슨 짓이야⋯⋯ 바보⋯⋯."

그 모습을 옆에서 보고 가만있을 셀렌이 아니었습니다. 저주받은 벨트로 리호의 턱을 쓱 올리더니 지근거리에 안면을 접근시키는군요.

"무슨 일인가요? 리호 씨⋯⋯. 얼굴이 빨개졌는데요⋯⋯. 빨개질 정도로 맛있었나요? 그 로이드 님이 아~앙 해준 사과가."

"⋯⋯⋯⋯미안."

"사과하지 마요! 긍정이나 부정을 해 주세요! 또다시 패배감이이이!"

남의 침대 위에서 흑흑흑 울기 시작하는 셀렌.

"……어차피 나는 센스도 없어요……. 젠장, 언젠가 센스도 실력도 갈고닦아 가슴을 펴고 로이드 공의 오른팔이라고 말할 거야……."

그동안 알란은 계속 아무도 먹지 않는 피클을 혼자서 쓸쓸하게 먹고 있었습니다. 선물을 샀는데 다들 별로 안 먹어서 유통기한이 가까워진 슬픔과 비슷한 느낌이군요.

"아~ 정말 다 큰 남자가! 뭘 그리 훌쩍대고 있나요! 시큼하니까 나가 주지 않겠어요?"

"시끄러! 나도 좋아서 먹고 있는 게 아니야!"

"시큼해! 입 냄새가 시큼하답니다!"

말싸움을 하는 알란과 셀렌. 그 옆에서 멜론을 가르면서 로이드는 소란스러운 방을 둘러보았습니다.

(이 나라를 남몰래 지키고 있는 마리 씨나 출세 필두인 알란 씨……. 마법이 굉장한 리호 씨, 세상은 굉장한 사람이 잔뜩 있구나…….)

그리고 창밖에 펼쳐진 파란 하늘을 보았습니다.

(나도 언젠가 강해져서…… 그런 식으로 가슴을 펼 수 있는 어엿한 군인이 되고 싶다.)

로이드 벨라돈나── 그가 자신의 실력을 알게 되는 건 아직 좀 멀었나 봅니다.

그 소란 속에서, 리호는 천천히 침대에서 일어서더니 바구니에서 사과를 손에 집어 병실 밖으로 향했습니다.

소란스러운 소동 속에서, 홀로 깨달은 메나가 리호에게 물었습니다.

"왜 그래?"

"화장실."

손을 훌훌 흔드는 리호. 메나는 뭔가 짐작했는지 미소를 지었습니다.

"그래, 다녀와."

어슬렁거리며, 리호는 그대로 다른 병실로 향했습니다.

롤 칼시페의 의식은 혼탁했습니다.

눈의 초점이 분명치 못하고, 지금 간신히 병원에 있다는 감각 정도밖에 없었습니다. 붕대로 둘둘 둘러싸인 채 매달려 있는 다리도 어쩐지 자기 것이 아닌 것 같을 정도였습니다.

(어째서? 뭐가 잘못됐던 거가?)

어린 소녀가 전설의 마법, 고대 룬 문자를 구사해서 터무니없는 마법을 뿜어냈다. 마법을 다루는 자로서, 옛날이야기라고만 생각했던 그 잃어버린 마법을 눈앞에서 보고 그것을 몸으로 받아낸 겁니다.

정신적으로도 물리적으로도 충격을 받은 롤. 부정적인 감정이 날아가 버린 그녀는 자신의 행동을 돌이켜보았습니다.

(고대 룬 문자……. 그래, 콜린이 부활시키려고 학생 시절에 허벌나게 뛰어다녔제…….)

학생복을 입은 콜린이 동료들과 함께 노력하던 모습이 떠올랐습니다. 한 가지 재주가 뛰어난 회복 마법의 익스퍼트. 성적과 상관없이 모두에게 주목을 받던 동급생이었습니다.

(이래저래 이길 수 없다고 생각했다……. 그래서 내가 할 수 있는 일을……. 설령 아무리 더러운 수를 쓰더라도 이기려고 한 기다, 올라가려고 했다……. 학원장이 되려고 한 기다.)

부정에 뇌물에…… 회색 안개가 낀 풍경이 떠올랐습니다.

(아~. 어째서 학원장이 되려고 했었던 기가…… 딱히 뭐든지…….)

스스로 버린 지위. 위에 설 수만 있으면 된다는 것 말고 뭣 때문이었는지 떠올렸습니다.

조금 전까지 끼어 있던 회색 안개가 걷히고——.

색감이 살아 있는 과거가 떠올랐습니다——.

『여어, 롤! 오늘은 어떤 마법 가르쳐줄 건데! 이제 슬슬 대마법이야?』

『뭘 바보 같은 소리 하나, 기초다 기초.』

『하! 이런 불 마법 정도 이제 간단하거든! 그러니까 더 굉장한 걸로——.』

『그 불 마법이 실패하면 대참사라! 불 마법은 간단하지만 그만큼 가장 위험한 마법! 폭발하면 화재로 직결, 마력을 제대로 다루지 못하면 온몸이 불덩이가 된다 안 카나!』

『그럼 말야, 그 화상도 사삭 고칠 수 있는 회복 마법 가르쳐

줘. 꼬맹이들도 자주 다치니까 일단 배우고 싶단 말야.』

『니 바보가! 회복 마법이 제일 힘들다! 프로도 제대로 회복시킬 수 있을 때까지 1년은 수행을 하는 기다. 뱃살 한 줌 손상을 회복시키는데 필사적으로 1년이다. 게다가 까딱하면 작은 돌이나 뭐다 몸에 들어가서 나중에 곪는 예도 안 있나!』

『으엑, 진짜야?』

『그러니까 기초다. 기초. 요리는커녕 사과도 제대로 못 깎는 리호지만 마법의 소질은 있다 안하나.』

『──에이, 그렇게 칭찬하지 말라니까⋯⋯. 헤헷, 롤은 참 잘 가르치네.』

『흐흥, 그야 그 명문 로쿠죠 마술학원에 추천을 받을 정도니까 이 정도는 별것 아닌 기라.』

『좋겠다아⋯⋯. 나도 언젠가 출세해서 다른 애들한테 도움이 될 수 있을까아⋯⋯.』

『그래그래. 높은 사람이 돼서⋯⋯ 그러게, 학원장이라도 되면 리호를 추천입학 시켜주께. 고아원도 윤택해지고 다들 편하게 지낼 수 있을 기다.』

『나랑 롤이랑 둘이서 출세하면 고아원도 개선할 수 있겠다.』

『무슨 말이고⋯⋯. 대개선을 할 수 있다! 재건&증축!』

『──로쿠죠 가서 열심히 해⋯⋯. 롤.』

『열심히 하는 건 당연한 일이다. 선두를 달려서 출세해준다 아이가⋯⋯. 리호.』

(아아…….)

병실 벽을 공허한 눈으로 보면서 롤이 가슴 속에서 소리를 흘렸습니다.

(그랬었다……. 가장 처음에……. 그랬었다아…….)

문득 시야 끝에 무슨 그림자가 움직이는 것이 보였습니다.

어쩐지 그리운 냄새.

혼탁한 의식이 본래대로 돌아오고, 눈의 초점이 확실해졌습니다.

그 시선 끝에는——.

"——어이쿠."

리호가 병실 의자에 앉아서 사과껍질을 깎고 있지 않겠어요? 아직 제 컨디션이 아닌 의수는 움직임이 어색했지만 껍질은 제대로 깎고 있었습니다.

"리……호……."

롤이 오열을 흘리는 것처럼 말하자, 리호가 그것을 깨달았습니다.

"아."

롤과 눈이 마주치자, 리호가 어색한 표정을 지었습니다.

옛날에 몇 번이고 본 표정이었습니다.

"…………치."

리호가 깎은 사과 접시를 사이드 테이블에 올려놓고 얼른 일어섰습니다. 그 등에, 롤이 갈라진 목소리로 말했습니다.

"사…………과……."

"…………."

"……잘 깎게…… 됐네……."

롤의 시야가 이번에는 눈물로 흐려졌습니다.

분명하게, 자신의 동생 같은 아이를 보았습니다.

"또 올게."

마침 의사와 교대하게 된 리호는 발 빠르게 병실에서 나갔습니다.

초로의 의사가 롤에게 말했습니다.

"아는 사이인가요?"

잠시 지난 뒤, 롤이 갈라진 목소리로 확실하게 말했습니다.

"……못난…… 동생 같은 애라예……."

"그런가요? 뭐, 느긋하게 쉬세요."

의사는 롤의 어깨를 툭툭 두드리고 그대로 방을 나섰습니다.

(왜 잊고 있던 기가? 왜 성검 같은 걸 바랬나?)

마치 씌었던 것이 떨어진 것처럼, 표정의 후련해진 롤이 천천히 잠에 빠졌습니다.

병실에서 나온 초로의 의사는 복도를 걸었습니다.

그리고 모퉁이를 돌더니 가운을 벗어 던졌습니다.

세월이 새겨진 주름진 얼굴, 조금 넓어진 이마. 참으로 차분한 분위기였습니다.

가운을 입고 있으면 의사로 보이고, 연미복을 입으면 집사장, 도복을 입으면 무슨 사범. 그 정도로 그림이 되는 남성이었습니다.

그런 그가 지금 오래된 트렌치코트를 걸쳤습니다. 실력 있는 베테랑 형사나 탐정을 방불케 하는 그윽한 모습이군요.

"응. 뭐 성검은 뽑혔으니까 좋다 쳐야지."

그윽한 목소리였지만, 말투는 어쩐지 어린애가 연상되는 신기한 느낌이었습니다.

조금 전의 의사다운 목소리와 동떨어진 느낌도 나는군요.

"일단은 그 애…… 롤의 기억은 조작했으니까 내가 들킬 염려는 없겠지만…… 문제는 성검을 어떻게 가지고 갈 것인가인데…… 나는 못 만지니까…… 아차."

옆을 지나치는 간호사가 인사를 합니다. 초로의 남자는 자연스럽게 인사를 받았습니다.

아무도 그를 부자연스럽다고 생각하지 않았습니다.

간호사가 멀리 간 것을 확인하고서 혼잣말로 중얼거렸습니다.

"임금님에게 아바돈을 빙의시키거나 이것저것 해봤지만 요즘에는 도무지 잘 안 되네. 역시 그 녀석 탓인가?"

남자는 주위에 사람이 없는 것을 확인하더니 창문으로 나가려고 했습니다. 그런 부자연스러운 행위조차 당연한 것처럼 자연스러웠습니다.

"내 참. 끝자락의 뇌옥을 해방하는 게 대체 언제가 될지……."

볼을 긁적이고서, 남자는 창문을 통해 바깥으로 뛰쳐나갔습니다.

"그때가 되면…… 죽여 줄게, 알카."

의미심장한 말만, 조용한 병원 안에 울렸습니다.

그러면, 한편 그 무렵 마리의 잡화점에서는.

"이제 싫다! 허리를 굽힌 채 지평선이 보이는 밭에 씨앗을 심는 건 이제 싫단다아아아!"

로리 할망구 알카가 진흙투성이 로브 차림으로 절규하고 있었습니다.

"영업방해입니다. 얼른 나가 주세요~."

마리는 매정한 표정으로 책을 읽으면서 커피를 홀짝거렸습니다.

"분명히 연금 중에도 감시의 눈을 피해 틈틈이 로이드를 만나러 왔지만! 추가 벌로 파종 작업까지 시킬 거라고는 생각 못한 게다! 이 작업을 혼자서 하라니 악귀의 소행이니라!"

"어느 쪽이 악귀인데요! 스승님이 건 저주 탓에 저는 지옥을 봤단 말이에요! 급기야 휴지를 다 써서…… 메나가 안 왔으면 최악의 사태에 빠졌을 거라고요!"

과연, 그녀에게 근위 마술사 직위를 간단히 줘 버린 것도 무리가 아니었습니다. 로이드라는 좋아하는 남자애한테 휴지를 받았다간 평생 갈 트라우마가 될 테니까요.

"이대로는 밭에서 죽을 게야. ……이렇게 귀여운 여자애가 퇴비가 되어도 괜찮다는 것이냐!"

"죽여도 안 죽는 불로불사인 주제에."

"그렇지! 불로불사라 하니 생각났는데 성검은 제대로 관리하고 있느냐? 뭣하면 내가 엄중하게 결계를 쳐줄 수도 있단다! 몇 개월 걸려서 꼼꼼하게——."

"불로불사로 왜 성검을 떠올리는 건데요——. 자요, 마을 여러분이 찾아다니고 있어요."

마리의 손가락이 가리키는 수정에는 마을 사람들이 혈안이 되어 알카를 찾고 있는 모습이 보였습니다. 알카는 작게 "맙소사."라고 말하더니 수정 안으로 돌아가고자 했습니다.

"뭐 그걸 다룰 수 있는 악당은 없을 테지——. 적절히 관리한다고 약속해 다오——. 그것보다! 내가 무사히 돌아오면 로이드의 뜨거~운 쪽쪽을 약속해 다오!"

"안 들립니다~."

"함박웃음! 너이노오오오옴 파종이 끝나면 각오하거라아아아——."

수정에 빨려드는 로리 할망구를 생글생글 손을 흔들며 배웅하는 마리. 그때 그녀는 생각지도 못했습니다. 그 성검이 가까운 시일 안에 커다란 소동을 일으키게 될 것을.

그래요, 예를 들어 초반의 사소한 아이템이 종반의 라스트 보스를 쓰러뜨리기 위한 키 아이템이 된다. 그런 게임 같은 이야기니까요.

후기

옛날에 무대에서 연극을 했었습니다.

뭐 3류는커녕 3류에게도 실례가 되는 수준의 엉터리였지만 요.

다만, 진지하기는 했습니다. 그 무렵은 몇 번이고 연습을 하고 배역의 이력서를 쓰거나, 때로는 연극 장면을 실제로 체험하거 나 인연이 있는 장소를 방문하기도 했습니다.

──돌고 돌아서 그 경험을 소설에서 활용하게 되었다고 생 각합니다.

작품을 무대로 생각하고, 딱 감이 안 올 때는 몇 번이고 머리로 연습을 해 보고, 캐릭터끼리 즉흥극을 벌이거나, 스스로 연기 를 해보거나, 참고가 되는 장소를 방문하기도 했습니다.

이번 작품도 난처할 때는 스스로 연기를 해 보거나 이력서를 써 봤습니다.

특히 로이드 군은 성격이 좋은 소년이라서 저에게 없는 부분 이 많아요. 꽤 고생한 기억이 납니다.

──참고로 제가 처음 쓴 소설 「알몸광전사 시마무라」에도

같은 일을 했습니다.

때로는 실천하고(자택에서 알몸이 되거나 필살기를 생각한다) 참고자료를 읽고(야한 책) 알몸으로 인연이 있는 장소를 방문하기도 했습니다(온천).

……딱히 고생하진 않았다고 기억합니다.

수고하셨습니다. 사토토시오라고 합니다. 이번 졸작 「예를 들어 라스트 던전 앞 마을의 소년이 초반 마을에서 살게 되는 이야기」 2권을 집어 주셔서 정말로 고맙습니다.

우선 인사를.

일러스트레이터인 와타누키 나오 님. 이번에도 멋진 일러스트 고맙습니다. 퀴논 자매, 위험합니다. 쩔어요.

그리고 담당인 마이조 님. 이번에도 갖가지 의견, 조력 고맙습니다.

GA문고 편집자 여러분, 영업부 여러분, 교정자 님, 이번에도 정말 고맙습니다.

마지막으로 사죄를.

편집장 K 님, 롯폰기 역에서 지나쳤을 때 무시해 버려서 죄송합니다.

편집부에 사인본을 만들러 갔을 때 이상하게 노려보는 남자가 있길래.

"우와앗, 롯폰기 무섭다. 눈 마주치지 말아야지…………어라? 지금 그 사람, 편집장 아냐?"

라는 흐름이었습니다. 정말로 죄송합니다.

그리고 이 책을 집어주신 독자 여러분, 정말로 고맙습니다.

3권에서 또 만나면 좋겠어요.

사토토시오

예를 들어 라스트 던전 앞 마을의 소년이
초반 마을에서 사는 듯한 이야기 2

2020년 02월 25일 제1판 인쇄
2020년 03월 05일 제1판 발행

지음 사토 토시오
일러스트 와타누키 나오
옮김 박경용

발행 영상출판미디어(주)
등록번호 제 2002-000003호
주소 21311 인천광역시 부평구 평천로 132 (청천동)
전화 032-505-2973(代) | **FAX** 032-505-2982

ISBN 979-11-6524-284-8
ISBN 979-11-319-9232-6 (세트)

구매 시 파손된 도서는 구매처에서 교환하실 수 있습니다.
기타 불편사항, 문의사항이 있으신 독자님께서는 노블엔진 홈페이지 [http://novelengine.com] 에서
Q&A 게시판을 이용해 주시기 바랍니다.

노블엔진(NOVEL ENGINE)은 영상출판미디어(주)의 라이트노벨 및 관련서적 브랜드입니다.

자칭 F랭크 오라버니가 게임으로 평가받는 학원의 정점에 군림한다는데요?

1~5

학업, 운동, 집안, 온갖 분야의 엘리트만을 모은 일본 최고봉 명문교 시시오 학원. 하지만 그 실태는 게임 결과만으로 모든 게 평가받는 약육강식의 학원. 절대적인 강자만이 살아남는 수라의 세계였다.

한편, 뒷세계의 게임에서 무패의 전설을 남기고도 번거롭지 않은 평범한 인생을 보내고 싶은 주인공 사이죠 구렌은 입학시험에서 고의로 최하위 F랭크를 받는다. 하지만 오빠를 마음 깊이 사랑하는 친여동생 사이죠 카렌과 재회하여 사태는 급변하고, 학원의 '악의'가 카렌을 덮친 순간 구렌은 진정한 실력을 발휘한다──!

(자칭) F랭크 구렌이 우글거리는 강적을 굴복시키는 학원 게임계 두뇌 배틀 개막!

©Ghost Mikawa 2017
Illustration : Nekometaru
KADOKAWA CORPORATION

미카와 고스트 지음 | 네코 메타루 일러스트 | 2020년 3월 제5권 출간
청춘의 상상, 시동을 걸어라!